이윤기가 건너는 강

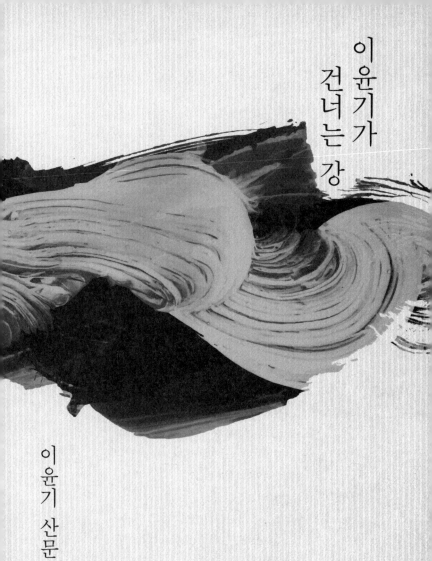

이
윤
기
가
건
너
는

강

이윤기 산문

작가
정신

차례

1 말의 강, 글의 강

2 풍속의 강, 세월의 강

3 신화의 강, 문학의 강

말의 강, 글의 강

사람의 향기

중학교 3학년 여름, 말의 쓰임새에 병적으로 집착할 때의 일이다. 내가 몸붙여서 살고 있던 집 옆에는 빵공장이 있었다. 그 빵공장에는 교육을 많이 받지 못한, 내 나이 또래의 직공이 있었다.

나는 당시 교회의 학생회 간부 일을 맡아보고 있을 즈음이어서 여학생들로부터 전화가 자주 걸려 왔다. 내 방으로 놀러 올 때마다 그걸 굉장히 부러워하던 그 빵공장 직공은 자기에게도 여자 친구가 있다면서 나 보란 듯이 내 방에서 여자 친구에게 전화를 걸고는 이렇게 말하는 것이었다.

"……순자야, 우리도 이제 친구 관계에서 애인 관계로 들어가자."

말의 쓰임새에 집착하고 있던 나에게 그의 표현이 너무나도 부적절하고 유치하게 들려서 견딜 수 없었다. 얼굴을 들 수가 없었다. 과장해서 말하자면, 자살이라도 하고 싶은, 그런 기분이었다.

그런데 참으로 놀라운 일이 일어났다. 그 직공과 순자가 '친구 관계에서 애인 관계'로 들어간 것이다.

고등학교 시절이었을 것이다. 교회 일을 같이 보던 여학생 하나가 오래 사귀던 남자 친구로부터 배신당한 느낌으로 괴로워하고 있었다. 여학생은 실의에 빠져, 정말 자살이라도 할 듯한 분위기를 자주 지어내고는 했다. 나는 그 여학생을 찾아가 위로의 말을 해주었던 것으로 기억한다.

그로부터 40여 년이 지난 지금도 나는 고향에 내려가면 그 여자 친구를 만나고는 한다. 그런데 얼마 전 그 여자 친구는 참으로 놀라운 말을 했다. 여자 친구가 실연하고 실의에 빠져 있을 당시 내가 이런 말을 하더라는 것이다.

"이제 그 친구는 잊어버리고 나와 시작해보자."

내가 기억하는 한, 나는 말을 그런 식으로 하는 사람이 아니다. 지금도 아니고 그때도 아니었다. 그런데도 여자 친구는 내가 분명히 그렇게 말했다고 우겼다. 내가 그런 단세포적 표현을 썼다니…… 나는 정말 자살이라도 하고 싶은 기분이 되어 여자 친구에게, 그런 소리 들을 때의 기분이 어땠느냐고 물어보았다. 놀랍게도, 유치하게 느껴지는 대신 참 정겹고 살갑게 들리더라는 것이다. 그 소리 들은 이후로 나를 경멸하게 된 것이 아니냐고 물었더니, 전혀 그렇지 않았다면서 결론 삼아 이렇게 덧붙였다.

"그것은 유치한 표현이 아니야. 인간의 결정적 진실이야."

고등학교 3학년 때 자살을 기도한 친구가 있다. 내 고향에서 나오던 신문은 내 친구가 자살을 기도한 것은 아버지가 국회의원 선거에서 낙선했기 때문일 것이라고 보도했다. 그러나 그것이 아니었다. 내 친구가 수줍디수줍게 공개한 자살 기도의 진짜 이유는 이렇다.

"오래오래 짝사랑하던 누나와 장난삼아 펜싱 시합이라는 걸 했어. 서로 찌르고 막고 하던 중에 그 누나가 그만 잔디밭에 벌렁 나자빠졌어. 그런데 나는 그만 그 누나의 분홍색 속옷을 보고 말았어. 파란 잔디를 배경으로 펑퍼짐하게 펼쳐진 누나의 치마, 치마 밑으로 벌어진 허연 다리, 그 다리 사이로 보이던, 젖어 있는 듯한 분홍빛 속옷…… 죽어버리고 싶었어. 내가 할 수 있는 일은 그것밖에 없을 것 같았어…… 그 누나의 진실을…… 나는 소화할 수 없었어."

직업적으로 글을 쓴다는 것은 얼마나 무서운 일인가? 인간의 결정적 진실은 유치해 보이는 부적절한 언어를 통해서 더 잘 전달된다는 사실이 직업적으로 글을 쓰는 작가에게는 얼마나 무서운 일인가. 단세포적 표현, 치명적인 실수가 그 사람의 향기가 되는 사태는 얼마나 경악할 만한 일인가?

잘 익은 말을 찾아서

나는, '좋은 소설은 모름지기 어떠해야 하는가'라는 질문을 더러 받는다. 나는 이런 질문에는 대답하지 않기로 하고 있다. 왜 그러는가 하면, 이런 질문에 대답하자면 내가 소설은 모름지기 어떠해야 하는지, 혹은 좋은 소설은 어떤 모양새를 갖추고 있어야 하는지 눈치챈 사람이어야 하는데, 형편이 그렇지 못하기 때문이다. 어렴풋이 알고 있다고 하더라도 일일이 설명하다 보면 나 자신을 '좋은 소설을 쓰는 사람'이라고 인정하는 셈이 되기 때문이다. 그래서 나는 좋은 소설은 어떠해야 하는지 설명하는 대신 특정한 소설을 들이대고는, '나는 이 소설을 좋은 소설이라고 생각한다', 이렇게 대답한다.

편집자가 나에게 글쓰기를 요구하면서 던져준 제목은 '좋은 번역이란 무엇인가'이다. 자, 형편이 이러한데, 내가 어떻게 이 제목으로 글을 쓸 수 있겠는가? 이 제목 앞세우고 '좋은 번역이란 이런 것이다' 하고 쓴다면 나는 좋은 번역이 과연 어떠한 번역인지 아는 사람인 셈, 결국은 나 자신을 '좋은 번역가'로 내세우는 셈이 아니겠는가? 나는 이런 짓을 할 수 있을 만큼 자신의 능력을 확신하고 있는 사람이 아니다. 하지만 많은 편집자들은 나에게 요구한다. 소설은 어떻게 써야 하는지, 번역은 어떻게 해야 하는지 발언할 것을 요구한다. 소설을 쓰고 번역을 하는 것만으로는 부족하다면서, 남의 선배가 되었으니 선배값할 것을 요구한다. 나는 열병식보다는 전투를 더 좋아하는 야전군인데, 군대는 나에게 원대 복귀하여 전술학 강의할 것을 요구하니 참 딱한 일이다. 전술학 이론가가 아닌 사람이 전술학을 강의하자면 자신의 전투 경험을 일반화해야 하는데 그게 어디 쉬운 일인가? 하지만 할 말이 아주 없는 것은 아니다.

텍스트의 이해는 번역의 기본인 만큼 텍스트 독해에 대해서는 별로 할 말이 없다. 문제는 우리말인데, 나는 우리말과의 씨름을 이렇게 하고 있다.

첫째는 사전과의 싸움이다. 나는 이 싸움의 내역을 글로 써 낸 적이 있다. 요약하면 이렇다.

사전을 열어야 말의 역사, 단어의 진화사進化史가 보인다. 그런데도 번역가는 사전 안 펴고, 어물쩍 구렁이 담 넘듯이 넘어가고 싶다는 유혹과 하룻밤에도 수십 번씩 싸워야 한다. '제록스'와 '샴푸'는 상표명이 '복사하다''머리 감다'는 의미의 일반 동사로 바뀐 대표적인 영어단어에 속한다. 여기까지는 누구나 알고 있다. '호치키스'는 어떤가? '호치키스'는 원래 기관총 상표명이다. 전쟁 끝나 기관총 잘 안 팔리니까 그 기관총 탄창에 총알 쟁여 넣는 기술을 원용해서 만든 것이 우리가 아는 호치키스다. 하지만 호치키스는 상표명이고 이 물건의 일반명사는 '스테이플러'다. 우리말로는 '제책기製冊機'라고 한다. 남의 번역을 시비하는 것은 되도록 삼가고 있지만 번역하는 사람이 사전 안 찾고 얼렁뚱땅 넘어가는 버릇은 반드시 고쳐야 한다는 뜻에서 하나만 시비한다. 나는 십수 년 전 어떤 소설의 한국어 번역판에서 "그는 자기의 루거를 불태웠다."는 문장을 읽고 많이 웃었던 적이 있다. 원문을 확인할 것도 없이 'He fired his Luger'일 것이라고 짐작했기 때문이다. '루거'는 독일제 9밀리 권총의 상표명이다. 따라서 그 문장의 정확한 번역은 "그는 권

총을 쏘았다."가 맞다.

그러나 사전도 맹신할 물건은 못 된다. 아주 간단하게만 설명하면 그 까닭은 이렇다. 사전에 나오는 설명은 개념 이해의 길라잡이에 지나지 않는다. 거기에 실려 있는 말은 화석화 化石化한 개념에 지나지 않는다. 사전 속의 말은 박물관의 언어이지 펄펄 살아 있는 저잣거리의 말이 아니다. 사전적 해석만 좇아 번역한 문장이 종종 죽은 문장이 되는 것은 바로 이 때문이다.

둘째는 우리말의 어구語句와 어절語節을 일목요연하게 정리하는 일이다. 우리는 한 문장 속에 주절主節이 있고 종속절從屬節이 있는 문장을 복문複文이라고 부른다. 나는 복문 속의 종속절은 되도록 어구語句, words and phrases 로 정리하여 단문으로 만드는 주의다. 복문은 글월의 복잡한 성분상 가독성을 엄청 떨어뜨리기 때문이다.

한 정치학자의 번역서에 등장하는 다음과 같은 문장을 보자.
"변화하는 의사결정의 환경으로 인해 계획과 행정에 종사하는 전문가의 역할에도 중대한 변화가 야기되었다."

여러 개의 '절'로 이루어진 이 복잡한 복문은 이렇게 바뀔 수 있다.

"의사결정 환경이 변화하면서 계획 및 행정 전문가의 역할에도 큰 변화가 왔다."

다음과 같이 명료하지 못한 문장도 있다.

"정치학자뿐만 아니라 계획가들도 정치학과 계획 사이에 분리할 수 없는 관련이 있다는 것을 오래전부터 알고 있었다."

세 개의 절로 이루어진 이 복문은 실은 이런 뜻이다.

"정치학과 계획이 불가분하다는 것은 정치학자들은 물론 계획가들도 오래전부터 알고 있었다."

셋째는 살아 있는 표현, 전부터 우리가 써왔고 지금 우리가 쓰고 있는 말을 찾아내는 일이다. '숙어熟語'가 무엇인가? '잘 익은 말'이다. 원문의 배후에 숨어 있는, 푹 익은 우리말을 찾아내는 일이다.

제목이 '낫싱 투 루즈Nothing to lose'라는 영화가 있다. 나는 연하의 친구들에게 이 영화제목을 우리말로 번역하게 해보았다. 상당수의 친구들은 '더 이상 잃을 것이 없다', 이렇게 번역했다. 그럭저럭 뜻이 통하는 만큼 크게 나무랄 만한 번역은 아니다. 그러나 여기에서 모색을 그만두어서는 안 된다고 나는 생각한다. '더 이상 잃을 것이 없'는 상황을 우리말로는 '밑져야 본

전'이라고 하지 않는가. 나는, '낫싱 투 루즈'라는 영화 제목은 반드시 '밑져야 본전'으로 번역되어야 한다고 주장하는 것이 아니다. 적어도 거기까지 모색한 뒤에 그 말결에 걸맞은 말을 찾아야 할 것이 아니겠느냐는 것이다.

〈에버 애프터 Ever after〉라는 영화를 본 적이 있다. 신데렐라 모티프를 패러디한 영화였다. 친구들에게 이 영화의 제목을 우리말로 번역하게 해보았다. '그 후로 오랫동안'이라고 번역하는 친구가 있어서 그럴듯하다 싶었다. 그러나 이 말의 배후에는 해피엔딩 설화의 결사結辭에 단골로 등장하는 말, 즉 '잘 먹고 잘 살았다'가 도사리고 있다. '에버 애프터'라는 말의 결은 '잘 먹고 잘 살았다'는 우리말의 결과 아주 흡사하다. 이렇게 번역해야 한다는 뜻은 아니지만 번역가의 모색은 여기까지 이르러야 한다는 것이다.

'메덴 아간 Meden Agan', 고대 그리스의 현자賢者 솔론이 남긴 말이다. 이 간결한 말을 영어로 풀어내면, 간결하지 못하게도 '만사에 지나침이 없게 하라 Let there be nothing in excess'가 된다. 뜻이 통하기는 한다. 그러나 번역가는 여기에서 걸음을 멈추어서는 안 될 것 같다. '지나친 것은 모자라는 것과 같지 못하다'는 뜻을 지닌, '과유불급過猶不及'이라는 잘 익은 우리말이 그 배후에 있기 때문이다. '루모르 볼라트Rumor volat'라는 라틴어 속담이 있다. 영어로 번역하면 'Rumor flies', 곧 '소문은 난다'가 될 터이다. '발 없는 말이 천리 간다'는 우리 속담이 있지 않은가?

'부족한 지식은 위험한 것이다A little learning is a dangerous thing'라는 영국 속담이 있다. 이 속담의 뜻을 이해하는 것은 어렵지 않다. 문제는 번역가의 모색이 '선무당이 사람 잡는다'는 우리 속담에 이를 수 있느냐 없느냐 하는 데 있다.

번역 과정에서 일어나는 언어의 변화가 '단순한 물리적 변화'여서는 안 된다. 그런 번역은 컴퓨터도 해낸다. 문제는 '화학적 변화'다. 텍스트의 문장이 우리말로 변하게 하되 화학적으로 변해야 한다는 것이다.

다만 희망 사항일 뿐인가?

'속닥하게' 술 한잔합시다

"방송 출연하러 방송국 들어가다가 로비에서 기가 팍 꺾이고
말았다. '효과'를 '효꽈'로 발음하지 말 것, '실질'을 '실찔'로
발음하지 말 것. '성과'를 '성꽈'로 발음하지 말 것 따위의 주
의 사항이 적힌 팻말이 걸려 있었기 때문이다. 직원들 겨냥하
고 걸어놓은 팻말인 듯했지만, 출연자 자격으로 들어가는 나
로서는 주눅이 드는 주의 사항이 아닐 수 없었다. 가만히 '효
과''실질''성과'를 발음해보았다. 정확하게 '효꽈''실찔''성
꽈'가 되었다. 나보고 하는 소리 같았다."

월간잡지《신동아》에 문화 칼럼 쓰면서 한 고백이다.

교육방송 텔레비전의 '신화 기행神話紀行' 강의를 시작한 지 녁 달이 되어간다. 하지만 나는 말하기보다는 글쓰기가 직업인 사람이라 이 강의에 재미를 느끼지 못한다. 주위 사람들 반응도 시큰둥하다. 가까운 친구들은 까놓고 이렇게 말하기도 한다.

"솔직하게 말해서 실망했다. 술자리에서는 그렇게도 잘 떠들더니, 마이크를 도무지 남에게 넘겨주려고 않더니, 막상 넥타이에다 소형 마이크 채워주니까 그게 뭐야? 애처로워서 못 들어주겠더라고."

망신도 그런 망신이 없었다.

나는 방송강의에서 참패한 까닭을 짐작한다. 설명하자면 이렇다. 나에게는 반사신경으로 그냥 배운 말이 있고, 운동신경 써가면서 배운 말이 있다. 전자는 어머니의 말, 내 고향의 사투리이고, 후자는 학교에서, 교과서에서 배운 말이다. 전자는 생득生得한 말이고, 후자는 학습한 말이다. 나는 술자리 같은 데서는 생득한 말을 쓴다. 방송강의에서는 학습한 말을 써야 한다. 나는 생득한 말을 자제하고 학습한 말을 쓰려고 하는데, 그게 쉽지 않은 것이다. 내 말살이의 멍에다. 생득한 언어와 학습한 언어가 동일한, '현재 서울의 중류사회 사람들'은 참 좋겠다.

글살이는 표준어에 적응해서 그럭저럭 해나가는 줄 알았는데 얼마 전에 덜미를 잡혔다. 신문과 방송과 출판의, 우리말 말살이 글살이 지킴이 노릇하는 분이 『알 만한 사람들이 잘못 쓰는 우리말 1234』를 펴낸 것이다. 신문이 이 책의 출간 소식을 전하면서, 그의 책을 인용해서, 내가 소설 속에서 운용한 말 중에서 '새비릿하다' '잣아서' '뒤짐질' '을박다' '묵근하다' '속닥하다' 등 알 듯도 하고 모를 듯도 한, 말하자면 부적절한 표현이 여덟 개나 된다고 지적한 것이다. 신문보도가 그랬다. 다른 작가는 하나씩만 인용하면서 내 경우는 무려 여덟 단어나 인용한 것이다. 예쁘게 봐줘서 그런 것이겠거니 하면서도 느낌이 개운하지 않아 담당 기자에게, 부적당한 말이 아니고, 표준어가 아닐 뿐, 너무나 많은 사람들이 자연스럽게 쓰고 있는 말이라는 내용의 편지를 보냈다. 그러지 않을 수 없었다. 말살이 글살이를 감시하는 우리말 지킴이 역할은 내가 자청해서 해오고 있는 노릇이기도 하니. 담당 기자는 그걸 신문에다 반론으로 싣자고 했고 나는 그러자고 했다. 그것이 한판 지상 논쟁의 불씨가 되었다.

'새비릿하다' '잣아서'는 전주 출신 작가 김준일 형한테 배운 말이다. '비릿하다'에 '새'라는 강세접두사를 보탠 말인데, '너무 어려서 비린내가 나는데도, 말하자면 배릿한데도 어쩐지 싫지 않은' 분위기에 아주 잘 어울리는 것 같아서 한번 써본 것이다. 남자 대학생이 여고생에게서 받을 법한 느낌, 갓 목욕하고 나서는 아주 젊은 여자에게서 받을 법한 느낌이 잘 드러나는 것 같아서 써보았다.

'잣아서'도 전라도에서 잘 쓰이는 표현이다. '잣아서 망신을 당했다' '저 친구는 잣아서 매를 맞아요' 등에 잘 쓰이는 이 말은 '스스로 원인을 제공해서'라는 뜻을 지닌다.

'뒤짐질'은 벽초 홍명희의 『임꺽정』에서 배운 말이다. '뒤지다'를 명사화한 말이다. 한자어로는 '수색搜索'이 되겠지만, 나는 '뒤짐질'이 좋다. '질'은 원래 지속적인 부정적 행위에 잘 쓰인다. '도둑질' '서방질' '계집질' 따위가 그런 말이다. 하지만 나는 이 '질'에서 우리말의 새로운 조어 가능성을 본다. 북한에서는 '일제사격'을 '불질'이라고 한단다. 나는 '손가락질' 당할 위험을 무릅쓰고 앞으로는 '뇌물 공세' 대신에 '돈질', '신문 잡지에 대한 끈질긴 기고' 대신 '글질'을 써볼 생각이다. 남성의 엽색 행각이나 여성의 남성 편력도 이 '질'로써 조어해볼 생각이다. 물론 구어口語에 머물 때만 겨우 용서받을 수 있을

23

터이다. 하지만 실제로 경상도에는 '가랭이질'이라는 말이 있다. 남자관계가 복잡한 여자의 행태를 그렇게 표현한다.

'묵근하다'는 '묵직하다'보다 더 '묵직한' 말이다. 내 고향 경북 사람들이 늘 쓰는 말이다. 일삼아 전라도 친구들에게 물어보았더니, 거기에서도 잘 쓰이는 말이란다.

'을박다'는 '매우 퉁명스러운 어조로 공격하다'라는 뜻이다. 주로 손아랫사람이 버르장머리 없이 손윗사람을 퉁명스러운 어조로 공격할 때 잘 쓰인다.

'속닥하다'는 '단촐'하고 호젓한 어떤 분위기를 그리는 경상북도 지방어다. 나는 '속닥하다'는 말을 쓰지 않고는 나만 경험한 문학적, 정서적 풍경을 도무지 복원하지 못하겠다. 나는 앞으로도 어머니로부터 배운 경상도 지방어, 전라도 친구들로부터 배운 전라도 지방어, 심지어는 이북 지방어까지 계속해서 쓸 것이다. 그래서 나는 나의 '속닥하다'를 부적절하게 생각하는 그 책의 저자를 향해 신문에다 쓴 글 말미에 이렇게 썼다.

"책 쓰시느라고 수고하셨습니다. 우리 '속닥하게' 술 한잔 합시다."

그런데 그분의 반론이 다음 날의 신문에 실렸다. 그는 "버젓

이 비표준어를 지문에다 고집하는 것은 억지요 횡포라는 생각이다."라고 썼다. 세상에. 표준어가 지방 출신 작가에게 횡포를 부릴 수 있는 것이지, 사투리가 어떻게 표준어를 향하여 억지를 부리고 횡포를 부리나? 누가 약자이고 누가 강자인데? 그는 친절하게도 '경상도 지방어' '전라도 지방어'라는 나의 표현도 바로잡아주었다. '지방어'가 아니라 '지역어'라는 것이다. 지방에서 쓰이는 말은 그러면 무엇인가? '지방언地方言', 줄이면 '방언方言' 아니던가? 지방에서 쓰이는 말이 지방어가 아니라 지역어라면 사투리는 그러면 '방언'이 아니라 '역언域言'이 되겠네? 그는 내가 쓰는 말이 '사투리나 속어, 은어로도 우리말 사전에 올라 있지 않은 말들'이라고 했다. 이렇게 해서, 사전에도 올라 있지 않은 말을 쓰는 나는 '억지'를 쓰고 '횡포'를 부리는 사람이 되고 말았다. 그렇다면 소월도 억지를 썼겠네? 미당도 횡포를 부렸겠네? 영랑은 전라도 깡패였겠네? 이문구와 박상륭까지 갈 것도 없다.

시를 너무 사랑해서 아직은 시를 쓰지 못하지만, 나는 자칭 시인의 영혼을 가진 사내, 시에 다가서려는 소설가다. '시인은 문법가'라고 누가 말했더라? 나의 소설집은 공문서가 아니다. 나는 좋은 말을 찾아서 자주 쓰고, 그래서 사전에 올리려는 사

25

람이다. '억지'를 쓰고, '횡포'를 부린다는 혐의를 뒤집어쓰고서라도 그렇게 하려는 사람이다. 그도 좀 그랬으면 좋겠다. '웹스터 사전'을 보셨는지? 백과사전을 방불케 하는 우리 국어사전에서 거품이 빠졌다고 생각하고 한번 비교해 보셨는지. 우리에게는 사전에 실려 있는 말이 너무 부족하다. 지방 출신 작가들이 써도 좋은 말이 너무 부족하다. 나는 표준어에서 좀 자유롭고 싶다. 나는, 공무원이 "규정에 없는데요." 하는 것처럼 "사전에 안 나오는데요." 하고 항의하는 교정 직원과 좀 덜 싸우고 싶다. 학습한 언어가 아닌, 생득한 언어로 내 존재의 진정성을 극한까지, 그러면서도 자연스럽게 그려내고 싶다. 표준어로 하려니 힘이 든다. 방송 강연이 그런 것처럼.

그는 반론 끝에 내 말을 받아 이렇게 쓰고 있다.

"그럽시다. 어디 '호젓한 분위기'의 술집에서 '단출하게('단촐'이 아님)' 한잔합시다."

나는 '단촐'이 아니라, '단출'이 표준어라는 것도 처음 알았다. 세상에, 그렇다면 이 '단출함'은 '홀로 나서기'를 뜻하는 '단출單出함'인가? 일본인들이 '단출함'과 거의 같은 뜻으로 쓰는 '미가루사身輕'와 너무 흡사하다. 어쨌거나 나는 이 '단출'이 싫다. '호젓한 분위기의 술집'이라는 일본풍의 표현도 나는 싫

26

다. 나 같으면, 정 마시고 싶으면 '분위기가 호젓한 술집'에서 마시겠다. '단출'도 좋고 '호젓'도 좋지만 '단출'은 영 아니다. 어디까지나 '속닥'이다.

그런데 지상 논쟁 있고 나서부터 참 좋은 조짐이 보인다. 전라도 출신 친구는 물론이고 심지어는 경기도와 서울 출신 친구들까지도 나에게 전화를 걸어 이러고는 하니. 이러다 사전에 올라갔으면 좋겠다.

"야, '단출하게' 가지고는 안 되겠더라. '속닥하게' 술 한잔 하자."

얼굴 보고 이름 짓기

문학상을 하나 받는 자리에서 내가 했던 수상 연설의 첫머리다.

"……한 아동문학가로부터 재미있는 얘기를 들은 적이 있습니다. 이 양반은 잡지사의 청탁을 받고 동시 한 편을 썼더랍니다. 그런데 써놓고 보니 조금도 동시 같지가 않더랍니다. 어떻게 하면 동시 같아 보일까, 궁리에 궁리를 거듭하다가, 옳다구나 하고 제목 위에다 '동시'라고 터억 박아 썼더니 그 순간부터는 그게 그렇게 동시스러워 보일 수가 없더랍니다. 아동문학가는 이 말끝에, 사물이 한 이름을 얻기 전과 얻은 뒤가 이렇게 다른 모양이라면서 웃더군요.

저는 중학생 시절에 유도를 시작했습니다. 유단자가 되어 검

28

은띠를 매던 날의 감격을 잊지 못하겠습니다. 그날 저는 몇 가지 결심을 했지요. 화장실이 아닌 곳에서는 절대로 오줌을 누지 않겠다는 결심이 그중의 하납니다. 유단자가 아무 데서나 오줌을 눌 수는 없는 노릇이지요. 날씨가 아무리 추워도 교복 바지 주머니에 손을 넣지 않겠다는 결심도 했습니다. 유단자란 모름지기 남에게는 물론 나 자신에게도 나약한 모습을 보여주어서는 안 되는 일이었지요. 비가 와도 우산 같은 것을 들지 않기로 했습니다. 유단자가 우산 따위의 신세를 질 수는 없는 일이라고 생각했던 것이지요. 여름이면 내 가방과 함께 책이 자주 젖었습니다.

늦가을 장대비가 쏟아지는 날이었습니다. 저는 보도 중앙을, 독일 병사처럼 걷고 있었습니다. 동행하던 급우가 있었습니다. 저는 장대비를 고스란히 맞으면서 걸었지만 그는 비를 맞지 않더군요. 그는 보도 옆으로 늘어서 있는 남의 집 처마 밑을 이용해서 절묘하게 비를 피해, 뛰고 걷기를 되풀이했습니다. 저는 그 친구가 조금도 부럽지 않았습니다. 모름지기 '유단자'는 그런 걸 부러워하지 않아야 하는 것이지요. 저는 그런 '유단자'였습니다.

……오늘 받는 이 문학상은 저에게 그때 그 유단자의 검은띠

에 해당합니다. 이제 저는 유도의 유단자가 아닌 문학의 유단자가 된 만큼 저보다 먼저 검은띠를 맨 유단자들의 명예를 더럽히지 않겠습니다."

나는 주최측의 눈치를 보아가면서 떠들어대고도 그 자리에서는 부끄러운 줄을 몰랐다.

중·고등학교 동기들이 수상을 축하하는 잔치를 열어준다고 해서 나가보았더니 회장이 바로 그 친구, 남의 집 처마 밑을 이용해서 절묘하게 비를 피하면서 걷던 바로 그 친구였다. 나는 그 잔치 자리에서 그 친구 역시 그 시절에 이미 유단자였다는 것을 처음으로 알았다. 친구는 '유단자'라는 이름에 갇히지 않은 유단자였다. 문학에 대한 친구의 이해는 실로 깊고도 넓었다. 나는 친구야말로 고수였다는 사실을 알았다. 얼굴에 모닥불이 묻은 듯했다.

문학평론가 이남호 교수에 따르면, '소설이란 개념화되기 어려운 삶의 국면을 재현하는 언어 구조물'이다. 소설가 이청준에 따르면, '문학이란 해독解讀이 안 되는 것에다, 남들이 납득할 수 있도록 빛을 부여하는 행위'다. 나는 문학을, '이름 붙일 수 없는 것에다 이름을 지어 붙이는 행위'라고 생각한다. '이름 붙일 수 없는 것'에다 이름을 붙이는 행위이지 '저 자신'에게 이름을 지어 붙이는 행위는 아닌 것이다. 학문은 나날이 쌓아야 하고, 도는 나날이 비워야 하듯이 '이름 붙일 수 없는 것'에다 지어 붙이는 이름은 나날이 늘려야 하고 '제 이름'에 붙는 이름은 나날이 지워가야 하는 것이다. 남의 얼굴 보고 이름을 지어야지 제 얼굴 보고 이름 지어서는 안 되는 것이다.

내가 건너는 강의 여울목은 물살이 어찌 이리도 험한가? 바라건대 그런 시상식장에서 횡설수설한 나를 아무도 용서하지 말아주시기를.

너무 익숙한 풍경

미국 같은 나라에서 길을 물으면 약간 지나치다 싶을 정도로, 다소 성가실 정도로 꼼꼼하게 가르쳐준다. 사람들의 이동 거리가 길고 이동 범위가 넓은 나라일수록 길 가르쳐주는 데 꼼꼼하다는 느낌을 받고는 한다. 풍경을 객관화시켜 설명하는 증거가 아닐 것인가? 풍경을 주관화시키면서 가르쳐주는 길, 그거 잘 찾아가기는 쉽지 않다. 우리나라에서 그런 일이 자주 일어난다. 몇 세대를 한 곳에서 붙박이로 산 우리나라 시골 사람들에게 시골길을 물으면 그 내용이 지극히 막연하다. 그 시골 사람에게는 너무 익숙한 풍경이어서 그런 것이 아닐까 싶다. 길 모르는 사람에게, 자기가 너무 잘 아는 길을 가르쳐주는 일은 언제나 쉽지 않다.

문학작품에서도 비슷한 일이 일어난다. 소설가나 시인은 언론으로부터 혹은 출판매체로부터 자선 대표작을 뽑아보라는 요구를 받고는 한다. 나 자신에게도, 그런 요구를 받은 경험이 있다. 그런데 재미있는 것은, 외부에서 대표작으로 꼽는 작품과 작가 자신이 뽑는 자선 대표작이 일치하지 않는 경우가 아주 많다는 것이다. 나 자신의 경우도 그렇다. 나는 많은 소설가나 시인들에게서 이것을 확인해본 경험도 있다. 외부에서 꼽는 대표작은 객관적인 미학의 기준을 만족시켜주는 것인데 견주어 자선 대표작의 경우는 작품의 몸통을 이루는 문학적 분위기가 작가 자신에게 너무 낯익은 풍경일 뿐만 아니라 거기에 투영되어 있는 자의식적 미의식을 작가 자신이 부지불식간에 편애하기 때문에 이런 일이 생기는 것이 아닐까 싶다.

  지난해 5월, 가까이 사귀어 모시던 한 선배의 전화를 받았다. 그는, 당신의 소설에서 당신의 모습이 조금씩 사라져야 한다, 당신에게 너무 익숙한 풍경들이 당신의 소설에서 사라져야 한다고 했다.

  이제 겨우 알겠다. 길 모르는 사람들에게 길 가르쳐줄 때는, 아주 잘 아는 길도 조심스럽게, 그리고 무엇보다도 친절하게 가르쳐주어야 한다는 것을 알겠다.

금제禁制와 범제犯制

초등학교 5학년 때 미국으로 갔다가 5년 만에 고등학생이 되어
돌아온 직후, 딸아이는 가수 신승훈의 리사이틀이 열리는 한
호텔로 달려가 한바탕 '오빠'를 외치고 왔다고 했다. 나는 별로
놀라지 않았다. 잠깐 그러다 말 것으로 짐작했기 때문이다. 과
연 딸아이는 잠깐 그러다 말았다.

대학 진학을 앞두고 고등학교를 졸업한 날, 딸아이가 한 사
이버 모임의 게시판에다 올린 다음과 같은 글을 읽었다.

"졸업했어여…… 그제만 해도 졸업식이 그리 대단할 거라고
는 생각 안 했는데 어제는 잠이 안 오더군여. 그런데 막상 치르

고 나니 대단한 것도 아니네여······ 비디오카메라로 졸업식을 찍었는데 좋은 기념물이 될 것 같져······ 이상 고딩도 아니고 그렇다고 아직은 대딩도 아닌 제가 썼슴다."

했어여, 안 오더군여, 아니네여, 될 것 같져, 고딩(고등학생), 대딩(대학생), 썼슴다······ 이런 해괴한 글을 읽고도 나는 별로 놀라지 않았다. 잠깐 그러다 말 것으로 짐작했기 때문이다. 과연 딸아이는 잠깐 그러다 말았다. 하지만 그 과정에 상처의 경험이 있었다. 한 환경단체의 소식지가 딸아이의 글을 활자화해서 전재했기 때문이다. 딸아이는 문법이 뭉개어져버린 자기 글에 충격을 받은 눈치였다.

많은 어른들은 사이버공간으로 올라오는 청소년들의 글이 문법을 파괴한다고 걱정하는 모양이다. '미안합니다'라고 하는 대신 '먄ㄴ함다', '이만 쓰겠습니다' 하는 대신 '20000 쓰겠슴다', '축하합니다'라고 쓰는 대신 '추카함다', '통신 장애가 있군요' 하는 대신 '통장이 있군여'라고 하는 게 걱정스러운 모양이다. 하지만 나는 별로 걱정하지 않는다. 젊은 피는 원래 늙은 망령을 따르지 않는다. 이 말을 거꾸로 하면 늙은 망령만 좇는 것은 젊은 피가 아니다. 말이 마구 간결해지면서 기존의 문법

35

을 부수고 들어가는 일이 우리나라에서만 일어나는 것은 아니다.

'하우 아 유(안녕하세요)'라는 표현에만 익어 있던 나는 미국의 젊은이가 건네는 '왓츠 업 What's up'이라는 해괴한 인사에 천장을 쳐다본 경험이 있다. '별일 없으시죠'라는 이 인사를 '저 위가 어떻게 된 거예요'라는 질문으로 오해했기 때문이다. 사이버공간에 들어가보면 미국의 청소년들은 'What's up'도 너무 길다고 생각하는지 'Sup'이라고만 쓴다. '하우 아 유 How are you'라는 인사가 건재하기는 한다. 하지만 사이버공간에서는 대부분의 청소년들이 'How r u'라고 쓴다. '그대를 위해 For you'도 너무 길어서 '4 U'로 줄어든다. 우스운 이야기가 나오면, 우리 청소년들은 '깔깔깔'이라고 쓴다. 미국의 청소년들은 'lol'이라고 쓴다. '폭소 laughing out loud'의 약자다. 사이버공간을 나올 때의 인사 '또 만나요 See you again'는 'C ya'로 줄어든다.

어째서 이런 현상이 생기는지, 인류학의 용어로 거칠게나마 설명을 시도해본다. 문법은 모듬살이의 구성원들이 범해서는 안 되는 하나의 터부, 즉 금제禁制다. 많은 청소년들은 사이버공간에서는 고의로 문법을 비틀어보지만 실제 생활에서는 그렇게 하지 않는다. 금제를 범하지 말아야 한다는 것을 알기 때문이다. 하지만 금제가 엄격해지면 엄격해질수록 이것을 범하고 싶다는 범제犯制의 욕구는 그만큼 더 강해진다. 청소년들에게는 범제 욕구가 있다. 그러나 기성세대가 지배하는 공간에서는 범제가 허용되어 있지 않다. 청소년들이 유독 사이버공간에서만 기존의 문법 파괴를 시도하는 것은 그 공간이 그들만을 위한 은밀한 공간이기 때문이다. 우리 사회에는 새로운 것을 기피하는 사람들, 인류학이 '미소네이스트'라고 부르는 기성세대가 존재한다. 나는 새로운 것을 기피하는 이들을 '기신주의자忌新主義者들'이라고 부른다. 청소년들은 새로운 것을 좋아하는 사람들, 인류학이 '네오필리스트'라고 부르는 사람들이다. 나는 새로운 것을 숭상하는 이들을 '숭신주의자崇新主義者들'이라고 부른다. 숭신주의자들에 속하는 청소년들이 기신주의자들에 속하는 기성세대의 문법을 살짝 무시하고 들어가는 태도는 청소년들의 범제 욕구와 컴퓨터가 요구하는 언어의 속도 때문이라고 나는 생각한다. 만일 사이버공간의 새로운 문법이 진정성을 획득한다면 미래의 문법이 될 테지만 내가 보기에 쉽게 그렇게 될 것 같지는 않다.

자기가 쓴, 문법이 파괴된 글이 지역 환경단체 소식지에 그대로 전재된 직후, 그러니까 2000년 3월 11일 내 딸은 같은 사이버공간에다 다음과 같은 글을 올리고 있다.

　"앞으로는 올리는 글 하나하나를 정성껏 쓰기로 했습니다. 맞춤법이 엉망인 제 글이 소식지에 실렸습니다. '졸업했어여'라고 쓴 게 부끄러웠습니다. 카메라를 의식하는 '열린 음악회' 관객들처럼, 앞으로는 방심하지 않기로 하고 있습니다."

2

풍속의 강, 세월의 강

뚬벙이 이야기

1991년, 마흔다섯이 될 때까지 나는 개를 길러본 적이 없다. 형님들 누님들에게 물어보니, 내 나이 네댓 살 때 우리 집도 개를 길렀다고 했다. 하지만 나는 그 개를 기억하지 못한다. 그 어름에 외운 천자문은 지금도 일부를 좔좔 외지만 그 어름에 길렀다는 개는 조금도 기억하지 못한다.

1991년, 어느 시인의 집을 우연히 방문하게 되었다. 개가 여러 마리 있었다. 모두 애완견이었다. 농담 삼아, 한 마리 분양 안 하시려오, 하고 물어보았다. 주인이, 그러시지요, 했다. 부인도 선선히 한 마리를 주겠다고 했다. 아파트에서 길러야 하니 순하고 조용한 개를 골라달라고 특별히 부탁했다.

닷새 뒤 개를 가져가라는 연락이 왔다. 나와 아내, 중학교 1학년생이던 아들과 초등학교 5학년생이던 딸, 이렇게 네 식구가 개를 가지러 갔다. 애완견을 여러 마리 기르던, 시인의 부인이 개를 안아 내 자동차에다 실어주었다. 이름은 '뚬벙이'라고 했다. 시인은 강원도 사람이었다. '뚬벙이'라는 말은 '작은 연못'이라는 뜻이라고 했다. 뚬벙이는 자동차를 처음 타보는지, 시인의 집에서 우리 집에 이를 때까지 고개 한 번 들지 않았다. 우리 가족은 단 몇 시간 만에 그렇게 수더분한 뚬벙이에게 반하고 말았다. 강아지가 껴들어 꿈같이 행복한 한 주일이 금방 지나갔다.

한 주일이 지났을 때 그 시인이 나에게 물었다.

"…… 설명 좀 해주시겠어요? 이상한 이미지가 꿈에 계속해서 나타나요. 꿈속에서 이 이미지를 본 날은 하루가 그렇게 불편할 수 없어요. 물이 흐르고 있어요. 풀 위를 흐르고 있어요. 풀을 어루만지면서 흐르는데, 이거 굉장히 의미심장한 이미지인 것 같아요."

시인과 나 사이에 이런 말이 오갔다.

나　　　아무래도 신화 이미지 같네요. 혹시 단테의 『신곡』을 읽은 적이 있나요?

시인 읽었지만 하나도 기억나지 않아요.

나 『신곡』에는 이런 구절이 있어요. 조그만 물결이, 풀을 어
루만지면서 흐르는 강…… 이 땅에서 가장 순수한 물은,
아무것도 감추고 있지 않으면서도 무엇인가를 품고 있는
듯……

시인 역시 그랬군요. 꿈에서 깬 뒤에는 신화에 관심이 많은 이
선생님을 여러 차례 떠올렸으니까요. 선생님, 저 불편해서
죽겠습니다. 뚬벙이 돌려주실 수 없습니까?

시인은 나에게 뚬벙이를 넘겨준 것을 뼈저리게 후회한다고
했다. 우리는 데리러 갈 때 밟은 과정을 역순으로 밟아 뚬벙이
를 데려다주었다. 개를 돌려받은 시인은 신화 이미지가 더 이
상 꿈에 나타나지 않는다면서 좋아했다. 여름에 잠깐 사귄 뚬
벙이는 우리에게 애잔한 추억이 되었다. 그해 가을 우리 가족
은 미국으로 떠났다.

시인의 집에 불이 났다는 소식을 그해 겨울 미국에서 들었다.
시인의 부인과 개 여섯 마리가 타 죽었다고 했다. 시인은 출타 중
이어서 화를 면했다고 했다. 우리는 시인의 부인과 함께 타 죽

었을 터인 뚬벙이를 생각했다. 그로부터 10년 세월이 흘렀다.

그 시인과는 한 달에 한 번꼴로 함께 술을 마신다. 뚬벙이 이야기는 피차 하지 않는다. 아, 뚬벙이!

경마장 오가는 길

과천에는 경마장과 서울대공원이 있다. 주말이면 오가는 사람이 많다. 서울과 과천을 가르는 남태령의 교통 흐름이 자주 막히는 것도 바로 이 때문이다. 하지만 남태령 밑으로는 지하철이 지나간다. 지하철 사당역 지나 남태령역, 선바위역, 경마장역, 대공원역을 지나면 마침내 과천이다. 혹 지하철을 이용해서 이 길로 과천 오시는 일이 있으면 승객들을 유심히 관찰해 볼 것을 제안한다.

일요일 오전이 가장 좋다. 나는 사당역쯤에서 관찰하기 시작한다. 20대 후반 혹은 30대 초반의 캐주얼로 차려입은 사내

가 전동차에 오른다. 사내는 혼자가 아니다. 유치원생 혹은 초
등학생을 하나둘쯤 달고 있다. 아이들 옆에는 아이들 어머니가
있다. 사내 혹은 사내의 아내는 사당역을 떠난 전동차가 어떤
역을 지나야 자기네 목적지에 닿을 것인지 잘 알지 못하는 경
우가 대부분이다. 그래서 지하철역이 차례로 표시된 약도를 일
일이 확인한다. 그 길을 자주 다니지 못한다는 증거다. 나들이
에 익숙해 있지 못한 아이들은 사당역 지나면서 갑자기 횅해진
전동차 안에서 마구 부산을 떤다. 전동차가 남태령을 넘고 선
바위역을 지나고 경마장역을 지나 대공원역에 접근한다. 나는
그 사내가 가족을 이끌고 대공원역에서 내릴 것이라고 짐작한
다. 나의 짐작이 빗나가는 일은 거의 없다.

　일요일 오전이 가장 좋다. 나는 사당역쯤에서 관찰하기 시작
한다. 30대 중반이나 40대 중반의 캐주얼로 차려입은 사내가
전동차에 오른다. 더러 두셋씩 몰려다니는 일도 없지 않지만
대개 혼자다. 옷차림이 화사하지는 않지만 초라하지도 않다.
일요일 사당역에서 이런 사내를 만나는 것은 별로 어려운 일이
아니다. 사내는 지하철역이 차례로 표시된 약도 따위는 보지
않는다. 그 길을 자주 다닌다는 증거다. 전동차가 남태령을 넘

고 선바위역을 지나 경마장역에 접근한다. 나는 그 사내가 경마장역에서 내릴 것이라고 짐작한다. 나의 짐작이 빗나가는 일은 거의 없다.

혼자 지하철을 탄 사람이 대공원역에서 내리는 일은 거의 없다. 대공원은 놀이터다. 그 놀이터에 혼자 가는 가장은 거의 없다. 대공원 가는 사람은 행복해 보인다. 가장은 가족이 조금 더 행복해질 수 있도록 온갖 조심을 곰살스럽게 다한다.

경마장역에 내리는 사람이 가족을 동반하는 일은 거의 없다. 경마장은 일종의 도박장 같은 곳일 거라고 나는 짐작한다. 도박장 가는 사람이 가족을 동반할 리 없다. 경마장 가는 사람은 외로워 보인다. 혼자서 이 세상의 도박 환경과 맞서러 가는 사람처럼 비장해 보이기까지 한다.

일요일 오후, 과천에서 서울로 나가는 전동차에서도 비슷하게 재미있는 관찰이 가능하다. 전동차가 대공원역에 이르면 놀이에 지친 아이들이 손에 풍선 같은 것을 하나씩 들고 상기된 표정으로 전동차에 들어선다. 아이들의 부모는 지쳐 있는 것이 보통이다. 가장은 지친 표정이 역력하다. 그래서 자리에 앉자마자 조는 것이 보통이다. 하지만 그 가장의 피로는 감미로워 보인다.

대공원역 다음 역은 경마장역이다. 전동차가 경마장역에 이르면, 캐주얼로 차려입은 사내들이 차례로 전동차에 오른다. 들뜬 표정을 하고 있는 사내보다는 휑한 표정을 하고 있는 사내들이 더 많다. 쓸쓸해 보인다. 딴 사람보다는 잃는 사람이 많은 데가 도박장이다. 사람들은 이 세상 떠날 때의 얼굴을 만들어가면서 산다. 이 세상 하직할 때 사람들이 지을 표정들도 그렇지 싶다.

입은 거지와 벗은 거지

'입은 거러지는 빌어먹을 수 있어도 벗은 거러지는 빌어먹을 수도 없다'는 속담이 있다. 이 속담에 일리가 있다고 믿어서 그런가, 내 고향 사람들은 입성 사치에 꽤 관대하다. 그래서 명절이 되면 다 쓰러져가는 초가에서, 그 초가보다 값이 훨씬 더 나갈 듯한 양복으로 쭉 빼입은 중년 신사가 나오기도 했다. 사진기 가진 사람이 가까이 있을 경우, 그 신사는 다 쓰러져가는 초가의, 바람 불 때마다 출렁거리는 울바자를 배경으로, 두 손을 허리에 대고 삐딱하게 모양내어 선 채로 기념 촬영을 하기도 했다. 옛날 일이다. 요새는 자동차 사치가 그런 입성 사치를 대신한다.

경운기 한 대가 지키던 허씨 집 큰 마당이 명절이면 서울 아들네들이 몰고 오는 도회지 차의 주차장이 되고는 했다. 섣달 그믐의 해거름에도 크게 달라진 것은 없었다. 조금 달라진 것이 있다면 둘째 아들의 대형 승용차가 소형으로 바뀌었고, 맏아들의 소형 승용차가 대형 그랜저로 바뀌었다는 점이다. 식구들은 맏아들을 부러워하는 눈치를 보였다. '서울 3 허……'로 시작되는 번호판을 보고, 외국살이 경험이 있는 허씨 집 둘째 며느리는 이런 말을 했다.

"미국에서만 돈 주면 자기 이름 찍힌 번호판 살 수 있는 줄 알았더니, 이제 여기서도 되는 모양이네? 아주버님 차 번호판에 '허'자가 찍혀 있으니……."

아버지는 맏아들의 고급차를 좋게 보지 않는 눈치였다.

"옛날 어느 나라 황제가 나무젓가락을 상아 젓가락으로 바꾸었더니, 한 충신의 걱정이 태산 같더란다."

"황실 살림의 규모가 있는데, 상아 젓가락 한 모 늘어난 것에 충신의 걱정이 태산 같다니요?"

"그게 그렇지가 않지. 상아 젓가락에 어울리게 하자면 흙으로 구워 만든 접시는 상감기명象嵌器皿으로 바뀌어야 할 것이고, 그릇에 어울리게 하자면 고기붙이가 섞이는 바가 없던 황제의 소찬素饌은 진수성찬으로 바뀌어야 할 것이 아니겠느냐고……
충신은 그것을 걱정한 것이야."

맏아들은 더 이상 대꾸 않고 가볍게 한숨을 쉬면서 무릎걸음
으로 사랑채에서 물러 나왔다. 막내아들이 마당을 서성거리고
있었다. 맏이가 그 옆을 지나면서, 고향 마을 지키는 막내 들으
라는 듯이 중얼거렸다.

"서울 사는 시골 사람들, 고향 내려갈 때마다 좋은 물건으로
모양내는 풍습, 반드시 악습인 것만은 아니다. 연만하신 부모
님이 하실 객지 아들 걱정 덜어드리자면 그 수밖에 없으니……
그나저나 너는 어쩔 셈이냐……."

"왜가리 다리로 황새걸음 흉내를 낼 수는 없잖아요?"

안방으로 들어서는 맏형의 등을 향하여 막내가 기어들어 가
는 목소리로 대꾸하는데, 둘째가 다가서서 막내의 등을 토닥거
리며 위로하는 말을 했다.

"기죽을 것 없다. 번호판에 '허'자가 들어가는 자동차는 허
씨 집 자동차가 아니다. 렌터카 회사 차일 뿐이다……."

형님이 그것을 어찌 아시오, 이렇게 묻는 막내를 향해 둘째
가 말을 이었다.

"……내가 몰고 내려오던 고급차가 죄 그런 차였다. 막내야,

51

내가 고급 임대차 버리고 작은 것이나마 내 것을 마련하고 보니 설날이 비로소 좋다. 소형 자가용도 못 지키고 팔아버린 사람이 고급 임대차 타고 내려왔으니 형님에게는 이번 설날이 서러운 날이 될 게다."

보기보다 큰 자동차

지난 10년 동안, 배기량 800cc에 불과한 소형 승용차부터 5800cc에 이르는 대형 승용차까지 두루 운전해보고 나서 얻은 잠정적 결론이 하나 있다. 그것은 배기량이 같을 경우, 자동차 덩치는 작으면 작을수록 좋다는 것이다. 무조건 작으면 작을수록 좋다는 뜻이 아니다. 여기에는 '배기량이 같을 경우'라는 단서가 붙는다. 자동차 회사는 펄쩍 뛰겠지만, 그럴 것 없다. 나는 우리 정신 살림살이의 모습을 말하고 있다.

우리가 '폭스바겐'이라고 발음하는 독일어 '폴크스바겐'은 '국민차'라는 뜻이다. 미국에서는 '복스왜건 ^{Volkswagen}'이라고 부른다. 같은 뜻이라고 보아도 무방하다. 그런데 폴크스바겐의 주종 상품이 '비틀(딱정벌레)'이라는 별명이 붙은 꼬마 자동차인 것에 주목할 필요가 있다(한동안 중단되었던 이 꼬마 자동차 생산이 최근에 재개되었다). '국민차'라는 이름을 이 꼬마 자동차에게 붙인 속사정의 뜻이 깊다. '딱정벌레'를 탈 정도만 되어도 벌써 평균적인 국민의 수준에 이르렀다는 암시가 여기에 묻어 있다. 그 이상은 여유로움이다.

폴크스바겐의 명품 꼬마 자동차의 신문잡지광고가 볼 만했다. 본 지 참 오래되었는데도 기억에 선명하게 남아 있다. 넓은 광고 지면 한가운데, '딱정벌레' 자동차가 한 대 그려져 있고, 그 밑에 짧은 광고 문안이 작은 글씨로 박혀 있다.

"작은 것이 아름답다."

'작은 것이 아름답다'는 명제는 일찍이 경제학자 슈마허가 명저 『작은 것이 아름답다』에서 그 '작음'의 미학, 운용하는 경제 규모의 '작음'이 지니는 유연한 기동성의 여유로움을 찬양한 바 있다.

그러나 '작은 것이 아름답다'는 '작은 것'에 대한 무조건적 찬양이 아니다. 슈마허나 폴크스바겐 회사는 그러면 어떤 것을 '작은 것'이라고 부르고 있는가? 배기량 2000cc 엔진을 탑재하면 그럭저럭 쓸 만한데도 불구하고 그보다 더 큰 엔진을 탑재한 자동차, 그 정도 자동차를 탈 수 있는 형편인데도 불구하고 그보다 더 작은 자동차를 타는 경우의 그 '작음' 혹은 '작게 보임', 그리고 그 '작게 보임'에서 오는 여유로움과 강력한 기동 능력을 찬양하고 있는 것이다.

한국의 자동차에서 내가 받은 인상은 대체로, 껍데기 크기에 견주어 엔진이 너무 작다는 것이다. 거꾸로 말하면 배기량에 견주어 껍데기가 너무 크다는 것이다. 그래서 오르막이라도 오를 때면 고르릉고르릉, 매우 힘겨워한다는 것이다. 자동차가 하도 힘들어서, 한 손으로 에어컨 스위치 잡고, 오르막 오를 때마다 에어컨 끄면서 운전해본 경력이 나에게 있다. 과열하면 속도가 안 난다. 기관총도 그렇다. 총열이 과열하면 사거리가 제대로 나지 않는다.

나라나 집안 경제의 운용에 대해서도 같은 말을 할 수 있다. 한 개인이 지니는 '가용 출력'과 밖으로 드러나는 '실제 출력'에 대해서도 같은 말을 할 수 있다. 요컨대 '알탕갈탕' 혹은 '간신히'들 버티고 있다는 것이다.

소설가 이문열이 집안의 경제에 대해 한 말 한마디, 들어둘 만하다.

"나는 가진 것을 다 털어 넣어서 뭘 사는 스타일이 아이라……."

그의 소설이 가파른 오르막길에도 고르릉거리지 않는 까닭을 알겠다.

요즘 들어 내 머리를 떠나지 않는 영어 명령문이 한 구절 있다. 우리말로 어떻게 번역했으면 좋을지 몰라서 궁리에 궁리를 거듭하고 있다. 풀어서 번역해보자면, '되기는 큰 것이 되어도 보이기는 그보다 더 작게 보여라'에 가깝다. '보기보다 큰 놈이 되어라'로 새겨도 무방하겠다. 고백하거니와 가진 것 이상으로 드러나기를 바라면서 살아온 나의 삶은 참으로 고단했다. 그 신산스럽던 내 삶에서 이제 겨우 이 한 구절을 건져올렸다.

BE MORE, SEEM LESS…….

나의 기도가 이루어지면

부끄럽지만 고백하고 말겠다. 시인 김영석 교수는 10년 전 젊은 나이에 세상을 떠난 박정만 시인의 고향 전라도 땅에다 시비 세워주는 일을 맡고 있다. 김 교수는 세상 떠난 시인의 지방 명문 고등학교 선배다. 시비를 세워주자면 돈이 있어야 한다. 그러자면 모금 운동을 벌이지 않으면 안 된다. 다행히도 시를 많이 싣는 한 계간 문예지가 모금 운동의 실마리를 풀어주었다. 고마운 분들이 다투어 이 운동에 참가했지만 시비 세우기에는 액수가 모자랐다. 김 교수는 난제를 어떻게 풀어야 좋을지 모르겠다면서 나에게 '그 좋은 머리 좀 빌리자'고 했다. 나는 '좋은 머리'라는 말에 우쭐해진 나머지 쾌도난마하는 기분으로, 알렉산드로스대왕이 되어 고르디아스의 매듭을 자르는 기분으로 그에게 권했다. 당신네 고교 선후배 중에는 글 쓰는 일과 무관하지 않은 장·차관이 수두룩하지 않은가, 글 쓰는 일과 무관하지 않은 국회의원이 수두룩하지 않은가? 언론사 사장도 있지 않은가? 고향에다 시비 세우는 일인데 핑계가 좀 좋은가? 그 사람들을 '풀' 가동하면 수나롭지 않은가? 고향 땅의 지방관리들이 땅을 내어주지 않으면 위에서 찍어 누르면 되지 않는가? 그는 고개를 가로저었다. 그는, 세우는 것이 세상 떠난 시인의 시비이고, 그 일을 맡은 자신이 시인인 만큼 시인답게 그 일을 마무리하고 싶다고 했다. 시와 무관한 사람은 하나도 끌어들이고 싶지 않다고 했다.

아뿔싸!

그때 나는 깨달았다. 나는 늘 아니라고 하면서도 사실은 연줄을 무지 좋아하는 인간이었구나! 나는 신문의 인사 및 동정란을 안 보는 척하면서도 사실은 챙겨 보아온 인간이었구나! 아는 사람이 높은 자리, 좋은 자리로 찾아들어가면 내 일처럼 은근히 좋아하던 인간이었구나! 안 그러는 척하면서, 누가 어떤 자리를 찾아들어갔는지 은밀하게 기억해두려고 한 인간이었구나! 얼마나 부끄럽던지. 나는 그에게, 머리통이 똥똥인 것

58

을 고개 숙여 사죄했다.

내가 원래 그런 인간이었던 것은 아니다. 미국에서 사귄 내 선배 중 한 분은 지금 매우 높은 자리에 올라 있다. 그는, 내가 몇 달씩 서울에 머물면서도 자기에게 전화 한 번 하지 않고 떠나는 것을 굉장히 섭섭해한다. 우연히 만나기라도 하면, 의리 없다고 나를 꾸짖는다. 그러면 나는, 그 자리를 떠나는 날부터 꼬박꼬박 안부 전화를 하겠다고 약속한다.

그런데 그는 잘리지 않고 그 높은 자리에 꽤 오래 앉아 있다. 그의 괴상한 버릇 덕분이 아닌가 싶다. 그는 밖에서 걸려오는 전화를 직접 받지 않는다. 물론 부속실이 있기는 하다. 하지만 부속실에서 받는 전화가 그에게 직접 연결되는 법은 없다. 부속실에서는 전화를 건 사람에게, 메모를 남겨주세요, 하고 말한다. 말하자면 메모만 그에게 전해지는 것이다. 그는 그 메모를 보고, 답전을 할 것인지 말 것인지 결정한다. 그래서 나는 그에게 전화를 걸지 않는다. 의리가 없어서가 아니고, 청탁한다는 인상을 주고 싶지 않기 때문이다. 그러니 나도 썩 괜찮은 구석이 있는 인간이다. 그런 인간이 한 시인의 시비 세우는 일에 어찌 그렇게 한심한 아이디어밖에는 보태지 못했을까? 높은 분들 몇몇은 시인 김 교수 덕분에 돈과 시간을 빼앗기지 않은 줄 아시라.

고향 갔다가 가까운 친구들과 대판 싸우고 올라왔다. 싸움의 빌미가 된 것은 내 친구의 소개말 한마디였다. 내 친구는 쉰살이 넘은 다른 친구를 소개하면서, 아무개 대학을 나와 이러저러한 일을 하는 사람으로 아무개 소주 회사 회장의 사위라고 했다. 그래서 내가 발끈한 것이다. 그래서 나보고 어쩌라고? 나는 그 회장 사위에게도 골을 내었다. 당신은 속도 없어? 30년 전에 나온 대학이 아직도 당신에게 유효해? 처가까지 들먹이는데 왜 가만히 있어?

나는 김 교수 덕분에 키 한 뼘 더 자란 것을 스스로 기특해하면서 친구들을 난타하고 돌아왔다.

우리가 무심코 쓰는 긴 약력은 동류항목을 가진 자들에게 구애하는 더러운 수작이라고 할 수 없을까? 연줄은 '인정'이라는 미풍양속의 시체에 슨 구더기다. 원래 하지 않았지만 나는 이제 기도 같은 것은 더욱 하지 않기로 한다. 내 기도가 이루어지는 순간은 문밖에서 흐느끼는 사람이 생기는 순간일 터이므로.

내가 기도하지 않는 까닭

신약성경에는 그리스도가 회당장 야이로의 죽은 딸을 살린 이야기가 나온다. 야이로가 그리스도에게 딸 살려주기를 간청하려 하자 그의 친구는 야이로에게,

"딸은 죽었으니 선생님께 수고를 끼치지 말라." 하면서 만류한다. 그러나 야이로는 친구 말을 귓전으로 흘리고, 딸을 살려주십사고 그리스도에게 간청한다. 그리스도가 그 집에 당도하여,

"아이야, 일어나거라." 하고 명하자 아이는 숨을 다시 쉬며 벌떡 일어난다. 그리스도는 그 기적 앞에서 얼이 빠져 있는 제자들에게,

"이 일은 아무에게도 말하지 말아라." 하고 당부한다.

청소년 시절 나는 이 대목을 읽고 혼자서 펑펑 울었던 것으로 기억한다. 할렐루야! 그리스도의 간명簡明한 말씀이 지니는 힘 앞에서 나 자신은 때로는 기적의 간접적인 수혜자 야이로가 되기도 했고 때로는 죽음에서 깨어난, 기적의 직접적인 수혜자 야이로의 딸이 되기도 했다.

그런데 어느 시절부터, 야이로의 비극에 대한 그리스도의 해결 방안은 가장 적절한 방법이 아니었다는 생각이 들기 시작했다. 그때부터 내 눈에는 야이로가 불쌍해 보이기 시작했다. 야이로는 이승과 저승을 사이에 두고 언젠가는 딸과 다시 헤어지지 않으면 안 될 것이고, 그때가 되면 야이로든 야이로의 딸이든 다시 한번 애통해 하지 않으면 안 될 것으로 보였기 때문이다.

불교 설화에 따르면, 석가모니도 똑같은 간청을 받는다. 어떤 부인이 죽은 아들을 안고 석가모니를 찾아가, 아들을 살려 달라고 간청한다. 석가모니는 그 부인에게 아들을 살려줄 터이니, 죽음을 경험하지 못한 가장의 집을 찾아내어, 아들의 시신을 그 집 아랫목에다 눕혀두면 살아날 것이라고 한다. 석가모니가, 죽은 사람이 하나도 없는 집안을 찾아내고, 그 집안의 가장으로부터 겨자씨를 좀 얻어오면 아이가 살아나게 해주겠다고 했다는 판본도 있다.

부인은 죽음을 경험하지 못한 사람을 찾아다녔을 터이다. 하지만 이 세상에 그런 사람이 어디 있는가? 죽음을 경험하지 못한 사람을 수소문하면서 이 부인은 무수한 사람들이,

"우리의 삶이 죽음으로부터 왔는데, 죽음을 체험하지 못한 사람이 이 세상 어디에 있겠소?"

이렇게 비아냥거리는 소리를 들었을 것이다. 그런데 그렇게 다니던 부인은 퍼뜩, 헛된 희망에 사로잡힌다는 것은 또 하나의 절망의 씨를 뿌리는 짓이라는 것을 깨닫게 된다. 부인은 아들의 죽음을 피할 수 없는 현실로 받아들이고는 이로써 평화를 얻게 된다.

나는 이 하나의 삽화를 단순하게 비교함으로써 그리스도보다 석가모니가 훌륭하다고 주장하고 있는 것이 아니다. 다만 진정한 자유, 진정한 희망은 헛된 자유와 희망 너머에 있다는 '진정한 희망의 종교학'을 전하고 싶을 뿐이다. 진정한 기도의 종교학을 전하고 싶을 뿐이다. 조직화한 종교가 신도들에게 기적의 수혜자 야이로가 되기를 부추기는 기복祈福의 종교 환경을

걱정하고 있을 뿐이다.

겨울철이 되면 신문에는 아들딸의 합격을 기도하는 부모들 얼굴이 자주 실린다. 서울의 명동성당 성모상 앞에서 기도하는 부모도 있고 대구 팔공산 갓바위에 올라가 기도하는 부모도 있다. 하지만, 내 아들딸은 섭섭하게 여길지 몰라도 나는 아들딸이 합격하게 해달라고는 기도하지 않는다. 왜 하지 않느냐 하면, 영험한 신이 내 기도를 가납한다면 다른 집 아들딸이 내 아들딸을 대신해서 낙방하지 않으면 안 되기 때문이다. 나는 그런 기도는, 기도의 주체로서도 거부하고 기도의 객체로서도 거부한다.

인간이 신의 제단 앞에 자기가 가진 것 이상의 물건을 제물로 바칠 수는 없듯이 인간의 한 모듬살이가 섬기는 신은 그 인간들보다 훨씬 더 영리할 수는 없다고 나는 믿는다. 전능한 신은 없다고 나는 믿거니와, 설사 전능한 신이 있다고 하더라도 사사로운 기도를 가납할 만큼 유치하지는 않을 것이라고 나는 굳게 믿는다. 그래서 나는 기도 같은 것은 하지 않는다.

손가락의 인류학

열 손가락 깨물어 안 아픈 손가락이 없다고들 한다. 자식 중 몇째는 더 사랑하고 몇 째는 덜 사랑한다는 혐의를 받을 때 부모들이 잘 쓰는 말이다. 이 말은 모든 편애의 혐의를 논파하는 논거로 쓰이기도 한다. 하지만 맞는 말은 아니다. 어느 손가락을 깨물든 아프기는 다 아프겠지만 그 아픈 정도는 다를 수도 있다. 손가락 중에 유달리 외부 자극에 예민한 손가락이 따로 있단다. 전문가의 말에 따르면, 질감에 가장 민감한 손가락은 검지, 즉 집게손가락, 온도에 가장 예민한 손가락은 약손가락이라고 한다. 그래서 우리는 피부가 거칠어진 정도를 확인할 때는 집게손가락으로 쓰다듬어보고, 탕약의 온도를 측정할 때는 약손가락을 넣어본다. 약손가락은 그럴 때 요긴해서 '약손가락 (약지)'이라는 이름을 얻었겠다.

누가 나의 이름을 부른다. 돌아서면서, 저 부르셨어요, 하고 확인할 때 우리는 손바닥을 우리 가슴에다 대고, 나 말이오, 하고 묻는다. 약간 '터프'한 데가 있는 사람은 엄지로 가슴을 찌르듯이 하면서 되묻는다. 일본인은 집게손가락으로 제 코를 찌르듯이 하면서 되묻는다. 중국인에게도 비슷한 버릇이 있다. 손가락짓은 민족에 따라 이렇게 서로 다르다.

다만 다를 뿐이다.

우리는 숫자를 세면서 손가락을 꼽을 때 어떻게 하는가? 한 손을 내밀고는 엄지부터 집게손가락, 가운뎃손가락 순으로 꼽는다. 한 손이면 된다. 반대쪽 손의 도움 같은 것은 필요하지 않다. 그러나 유럽인들은 새끼손가락부터 약손가락, 가운뎃손가락 순으로 꼽는다. 말하자면 우리와 반대로 꼽는 것이다. 한 손을 펴고 새끼손가락을 꼽아보라. 새끼손가락은, 그냥은 잘 꼽히지 않는다. 다른 손의 도움이 있어야 한다. 그래서 서양 사람들은 이 새끼손가락을 꼽는 일에 반대편의 손을 동원한다. 매우 불편할 텐데도 그들은 이렇게 한다. 우리처럼 한 손으로 두 르르 꼽으면 좋을 텐데도 이런다. 미국살이 10년을 넘기면 한 국인도 곧잘 그 사람들 흉내를 낸다. 실제 현지인의 짓과 시늉 에 동화되어 그러는 경우도 있고 멋을 내느라고 그러는 경우도 있다. 멋을 내느라고 그러는 경우는 별로 예뻐 보이지 않는다. 손가락짓은 민족에 따라 이렇게 서로 다르다.

다만 다를 뿐이다.

우리는 사물을 집게손가락으로 가리킨다. 사람을 가리킬 때 도 집게손가락을 쓰고, 서류의 특정 대목을 가리킬 때도 집게 손가락을 쓴다. 그런데 최근 들어, 집게손가락 대신 가운뎃손 가락을 쓰는 사람이 늘어가는 현상을 목격하고는 기절초풍한 적이 있다. 나 자신도 미국에서 가운뎃손가락으로 무엇을 가리 켰다가 아들딸로부터 따끔하게 주의를 받은 적이 있다. 내력을 알고 보니, 그럴 일이 아니었다.

미국인들에게 가운뎃손가락은 남성 성기의 상징이다. 미국 인들은 제 마음에 안 드는 사람이나 현상을 목도하면 혀를 내 미는 것과 동시에 가운뎃손가락을 세워 보이는 버릇이 있다. 우리의 쑥떡 먹이기에 해당한다. 그러니까 가운뎃손가락으로 무엇을 가리킨다는 것은 가리킬 때마다 상대에게 쑥떡을 먹이는 짓이 된다. 따라서, 적어도 미국 사회에서만은 함부로 가운뎃손가락으로 무얼 가리켜서는 안 되는 것이다. 하지만 내 나라에서는 괜찮다. 손가락질은 민족에 따라 이렇게 서로 다른데, 다만 다를 뿐이다.

틀리는 것이 아니다.

내가 여러 차례 지적해왔거니와 우리는 '다름'과 '틀림'을 혼용하는 기이한 시대를 살고 있다. 그 사람의 종교는 나와 틀려요…… 다르지 틀리는 것이 아니다. 그 사람과 나는 가는 방향이 틀려요…… 다를 뿐, 틀리는 것이 아니다. '다르다'는 '같다'의 반대말, '틀리다'는 '옳다'의 반대말이다. 나와 '다른 것'은 '틀린 것'이라는 뜻인가? 나와 '같지 않은 녀석'은 '틀려먹은 녀석'이라는 것인가? 오늘부터라도 바로 쓰면 큰 병 하나 고치는 셈이 된다.

선생님, 선생님, 우리 선생님

대구 칠성국민학교 5·6학년 시절, 우리 집은 학교 건물 바로
뒤에 있었다. 학교 건물 바로 뒤에 있었다는 것은 교문과 반대
쪽에 있었다는 뜻이다. 등교할 때마다, 하교할 때마다 나는 담
을 타넘고 싶다는 유혹과 싸워야 했다. 등교할 경우 집에서 나
와 학교 담을 타넘으면 바로 우리 교실이었다. 담을 타넘을 경
우 등교에 걸리는 시간은 5분이 채 못 되었다. 그러나 학교 담
장을 따라 먼길을 걷고, 교문을 통해 학교로 들어가고, 넓은 운
동장을 건너 교실에 이르는 길은 20분 이상의 시간이 쓰이는,
멀고도 지루한 길이었다. 하교할 때도 마찬가지였다.

수업이 끝난 뒤에도 나는 학교에 남아 일을 했다. 선생님을 도와 출제도 하고 채점도 했다. 초등학생으로서는 누리기 힘든 특권을 나는 두루 누렸다. 그렇게 일하다 밤 9시쯤 집으로 돌아가는 날이 허다했다. 한 해의 3분의 1 가까이 나는 그런 일을 했던 것 같다. 우리 집은 지척에 있었다. 밤이면 보는 사람이 없었다. 담을 타넘으면 5분 거리였다. 선생님도 그걸 잘 알고 있었다. 어쩌면 선생님은 내가 담을 타넘어 집으로 가기를 바랐는지도 모른다. 그러나 선생님이 나에게 담을 타넘으라고 한 적은 없다. 밤늦은 시각까지 부당 노동에 시달린 어린 제자가 안쓰러웠겠지만 선생님이 나에게 담 타넘기를 권한 적은 없다. 나는, 부끄럽게 고백하거니와, 그 담을 타넘은 적이 있다. 벌건 대낮에 타넘은 적이 있다. 그러나 자랑스럽게 고백하거니와, 밤중에 그 담을 타넘은 적은 없다. 선생님을 도와 출제하고 채점하는 특권을 누리던 날 한밤중에 그 특권의 나머지를 담 타넘는 데 써먹은 적은 없다. 부당 노동의 특권을 누리던 날이면 반드시, 퇴근하는 선생님을 따라, 넓은 운동장을 건너고, 교문을 지나고, 학교의 긴 담을 따라, 학교 건물 바로 뒤에 있던 우리 집에 이르렀던 것으로 나는 기억한다. 교문 앞에서 어둠 속으로 어린 제자를 배웅하던 우리 선생님, 끝내 담 타넘기를 교사하지 않던 선생님, 선생님, 고전적인 우리 선생님.

　나의 아들딸은 미국에서 중·고등학교를 마쳤다. 미국에서는 사제지간이라는 개념이 희박하다. 교사가 학교와의 재계약에 실패하면 슈퍼마켓 점원으로 일하는 예가 허다하다. '교권'이라는 말을 나는 미국에서 들은 적이 없다. 미국의 교장 선생님은 학교의 허드렛일을 도맡는다는 의미에서 경비원과 하등 다를 바가 없다. 미국의 교장 선생님은 주차장 경비원이라는 말도 있다. 미국의 교장 선생님에게는 주차위반 스티커를 발부할 권리가 있기 때문이다. 교장의 권위는 '교권'에서 나오는 것이 아니라, 지역에 대한 그 수더분한 봉사의 실적과 졸업을 사정[※][※]하고 학생을 상급학교에 추천할 때의 그 추천권에서 나온다. 아들딸이 고등학교 각각 2·3학년 다닐 때 물리 교사가 암으로 세상을 떠난 적이 있다. 그 물리 교사를 영결하는 자리를 나는 잊을 수가 없다. 나는 미국의 고등학생들이 그렇게 쉽게 우는 것을 본 적이 없다.

　내 아들딸이 그렇게 쉽게 우는 것을 본 적이 없다. 1주기, 2주기를 맞아 학교에서 추도식까지 지내는 것을 나는 보았다.

교권이 무너진다고 걱정이 태산이다. 아이들이 예전 같지 않다고 어른들이 근심한다. 아이들은 원래 예전 같지 않은 법이다. 예전과 똑같으면 그것은 아이들이 아니다. 예전과 똑같은 것은 어른들이지 아이들이 아니다.

나는 선생님들을 존경한다. 그러나 임금과 스승과 아버지는 한 몸이라는 군사부일체君師父一體의 이데올로기에는 동의할 수 없다. 나는 교권이 확립되어야 한다는 데 다른 의견이 있다. 교권은, 오로지 가르치는 분들이 그 가르치는 태도로써만 확립할 수 있다고 나는 생각한다. 나는 초등학교 시절의 내 선생님, 내 아들딸의 물리 교사 같은 분들이 벌써 교권을 확립하고 있다고 생각한다.

교권에는, 교사가 학생을 모욕할 권리는 포함되지 않는다. 절대로 학생에게 상처를 입히지 않는 교사, 절대로 학생을 모욕하지 않는 교사만이 교권을 주장할 수 있다고 나는 생각한다.

'선생님, 저는 지금도 담 타넘고 싶다는 유혹과 싸웁니다.'

패자부활, 혹은 '불량 인간'의 '위대한 탄생'

"유행가 가수로서 이런 일 저런 일 다 해보고 또 당해봤지만, 원 세상에, 종교철학 서적에 머리말을 써보긴 처음입니다."

캐나다 리자이너 대학교의 한국인 종교학 교수 오강남이 펴 낸 책 『열린 종교를 위한 단상』에 가수 조영남이 쓴 '추천의 글' 첫머리다. 조영남은 '유행가 가수', 어쩌고 하면서 자신이 '종교철학 서적에 머리말을 쓰기에는' 적당하지 않은 사람인 양 몸을 잔뜩 낮추고 있지만, 그가 누구인가? 기독교 신학을 공 부한 사람이되 다른 종교로도 마음 문을 열고 있는 것으로 알 려진 사람, 고전음악을 전공한 대중 가수이되 다른 예술장르, 예컨대 미술로도 마음 문을 활짝 열고 있는 사람이다. 얼마 전

조영남은 신문에다, 음악대학을 나온 자신은 미술의 세계를 힐 끔거리고 있고, 미술대학을 나온 김민기는 음악의 세계로 들어가 있다고 씀으로써 '인터장르Intergenre 시대'에 대한 예감을 슬쩍 흘린 적도 있다.

그러면 나도 이렇게 써도 되겠다.

"소설가로서 이런 글 저런 글 수없이 써봤지만, 원 세상에, 대중 가수의 공연 팸플릿에 글 써보긴 처음입니다."

그러나 고백하거니와 처음은 아니다. 70년대 중반, 나는 잡지사의 연예 담당 기자로서 당시의 통기타 가수들, 예컨대 송창식, 김세환, 양희은, 서유석, 어니언스, 김정호(작고), 이수만 등 한다하는 가수들을 거의 다 인터뷰한 경력이 있다. 하지만 탁월한 '인터뷰어'는 못 되었던 모양인지 그로부터 20년 세월이 지난 뒤 '인터뷰어'와 '인터뷰이'의 입장이 뒤바뀐 자리에서 만난 양희은은 그때의 나를 기억하지 못했다. 마땅히 할 말이 없어서, 당신네들을 짝사랑하던 잡지사 기자 출신 소설가올시다 했더니, 양희은은 자기 저서 『이루어질 수 있는 사랑』에 사인을 해서 주는데, 대담의 현장 기독교방송을 나와 택시 안에서 펴보니, '짝사랑을 고마워하면서, 양희은', 이렇게 쓰여 있었다. 하기야, 70년대 중반의 통기타 가수들 음악을 나만큼 많이 짝사랑한 사람은 많지 않으리라 싶다. 그 시절 조용필은 '그림자'로서 몸을 잔뜩 낮춘 채 '위대한 탄생'을 준비하고 있었다.

1976년, 지금은 내 아내이자 대학생 아들딸의 어머니가 되어 있는 한 처녀를 만나러 명륜동의 명륜다방으로 들어서면서 나는 조용필의 노래를 처음 들었다.

또라와요, 부싼흐앙에 끄리운 내 히영제여…….

나는 이렇게 들었다. 매운맛이 나면서도 떨림의 속살이 깊은 그의 음성을 처음 듣는 순간, 또 한 가인歌人의 시대가 열리는구나, 싶었다. 무지개를 본 듯했다. 그의 시대, 우리 부부의 시대는 그렇게 무지개 뜨듯이 열렸다. 나는 한 예술가와의 감동적인 만남의 순간을 기술하면서 이렇듯이 지극히 사적인 에피소드를 동원하고 있는데, 이럴 수밖에 없다. 문예비평가가 아닌 우리 같은 사람은, 사적인 경험을 동원하지 않고는, 우리가 모르는 사이에 저 혼자 깊어진 강물 같은 남의 예술과 만난 순간을 설명해내지 못한다.

대중음악에 관한 한, 나에게는 매우 비슷한 감상 수준을 유지하는 지기가 있다. 시인 김영석 교수가 그 사람이다. 술자리에서 노래를 즐겨 부르는 그와 나는 고복수부터 이선희까지의 레퍼토리를 대체로 공유한다.

80년대 초의 어느 가을밤, 텔레비전에서 조용필의 〈사나이 가는 길〉이 풀 오케스트라 반주와 함께 흘러나오고 있었다. 무엇인가에 잔뜩 화가 난 듯한 얼굴을 하고 조용필은 그 노래를 불렀는데, 나는 그때의 감동을 잊을 수 없다. 몇 소절 듣다 말고, 떨리는 가슴을 주체할 수 없어서 김 교수에게 전화를 걸었다. 빨리 텔레비전을 켜고 조용필의 노래를 좀 들어보라고 할 참이었다. 하지만 통화 중이었다. 또 걸어도 통화 중, 또 걸어도 통화 중이었다. 그 역시, 똑같은 이유에서 나에게 전화를 걸고 있었다는 사실을 확인한 것은 그 뒤의 일이다. 〈사나이 가는 길〉이 〈선창〉의 작곡가로 유명한, 혹은 가수 이난영의 오라버니로 유명한 이복룡의 곡을 리메이크한 것이라는 사실을 안 것도 그 뒤의 일이다. 조용필이 다시 창조한 〈사나이 가는 길〉은 지금도 우리가 어울리는 술자리에서는 계속해서 조용필 아류의 울림을 지어내고 있다. 우리는 이렇게 조용필의 문화를 누린다. 그의 고통스러운 탐색을 우리는 누리는 것이다.

조용필의 '불량 인간론'은, 우리 시대 문화가 지금 어떤 얼굴을 하고 있는지, 다음 세대가 누릴 문화는 또 어떤 얼굴을 하게 될 것인지 짐작할 수 있게 한다. 조용필을 인터뷰한 월간잡지 『신동아』의 박윤석 기자는 조용필이 혼잣말하듯이, "딴따라가 불량 인간으로 취급받던 게 엊그제 같은데······." 이렇게 중얼거리더라면서 기자 자신의 심중소회를 다음과 같이 쓰고 있다.

"······조용필은 광복 이후 한국 가요계를 수놓은 대중 스타들, 그 숱한 '불량 인간'의 반열 끝자리에 위치하고 있다. 그는 기타를 처음 잡은 그날 이후 최소한 70년대까지는 '불량 인간'의 범주를 벗어나지 못했다. 세상이 그렇게 규정했기 때문이다. 그의 이름이 알려지기도 전, 일찍이 그를 불량 인간으로 규정한 것은 그의 부모였다. ······'우리 가문에 딴따라는 없다'는 부모의 뜻을 거스를 수 없어 고려대 영문과에 원서를 보내기는 했지만 고사장으로 가는 대신 가출, 잠시 다닌 음악학원 친구들과 아마추어 그룹을 만들어 파주 일대 기지촌 클럽 주변으로 흘러들었다."

이만하면 불량 인간의 한 전형을 이룰 만하다. 조용필은 술회한다.

"······8군 클럽의 주크박스에서 흘러나오는 팝송을 귀담아

들어두었다가 소위 '백판'이라는 복사판 레코드를 사 들고 들어가 (참고서 삼아) 숙소에서 공부했다. 음악이론도 모르는 채 그냥 멋모르는 채 따라 하고, 게걸스럽게 흡수했다. 욕심은 있어서, 어렵고 새로운 음악을 열심히 채보해 변용하며 나름대로 실험을 해본 것이다."

조용필의 '위대한 탄생'은 가요 문화의 불모지에서 이렇게 고독한 탐색을 통해서 이루어진다. 위대한 탄생은 사실 이러한 '불량 인간'의 고독한 탐색을 통해서만 가능하다. '불량 인간'들의 반대편에는 제도권이라는 망상조직이 있다. 지금까지 우리 사회를, 좋은 뜻에서 여기까지 굴러오게 한 것은 정교하게 짜여진 거대한 망상조직이었다. 불량 인간은 그 망상조직의 금 밖으로 밀려나고는 했는데, 그렇게 밀려난 불량 인간의 실지 회복은 언감생심이었다. 초중고 차례로 졸업하면 좋든 싫든 대학에 들어가고, 그것도 좀 쓸 만한 놈은 좋은 성적으로 쑥 나오면 학계·관계·재계·언론계·법조계 같은 거대망상조직과 합류할 수 있었다. 일단 합류하면 조직의 '컨베이어시스템'에 올라가는데 그러면 되었다. 조직은 생리상 거기에 합류한 동아리를 외방인들로부터 차별화하고 신변을 철저하게 보호해주었기 때문이다. 그런 의미에서 이 조직은 현대에 기능하는 유럽의 '부르^城'다. '부르' 안으로 들어가야 '부르주아지', 즉 '성내^{城內} 사람'이 된다. 성 밖으로 밀려나면 '프롤레타리아'가 된다. 프롤레타리아, '불알 두 쪽밖에는 나라에 바칠 것이 없는 사람들'이라는 뜻이다. 취미가 별것이냐, 적성은 쥐뿔이었다. '부르'에만 들어가면 중산층은 오토매틱이었다. 무수한 청년들은 그래서 거대 조직에 운명을 걸었다. 일에 걸지 않고 조직 자체에다 걸었다. 능률과 경쟁력은 조직 자체, 혹은 조직을 관리하는 국가가 알아서 관리해주었다. 그러고는 성내 사람들끼리 나누어 먹었다.

그러나 문화의 판은 조직의 컨베이어벨트 위에서 짜여지는 것도 아니고 세종문화회관에서 짜여지는 것도 아니다. '불량 인간'들이 사는 언더그라운드, 저 바다 변방의 개펄에서 짜여진다. 개펄은 죽은 바다가 아니다. 바다를 정화하고, 바다에다 새로운 생명을 공급하는 창조의 질료, 그 원초적인 무대. 우리가 신촌과 서교동의 언더그라운드 판을 눈여겨보아야 하는 것은 이 때문이다. 그곳은 문화의 변방이 아니다. 문화의 실리 콘밸리인 것이다.

나는 1992년 초겨울, 미국의 수도 워싱턴에서 열렸던 음악회를 잊지 못한다. 60년대에 마틴 루서 킹 박사가 피를 토하듯이 "나에게는 꿈이 있다I have a dream"고 절규하던 바로 그 자리에서 열린, 반전운동의 전과가 있는 '불량 인간' 빌 클린턴의 대통령 당선을 축하하는 음악회였다. 음악회의 백미는 보수주의자들로부터 '불량 인간'으로 냉대를 받던 밥 딜런이 그 자리에 초대되어 들려준 옛 노래였다.

공익광고에서, 골프 치는 박세리를 배경으로 들려오는 노래, 국민가요 대접을 받고 있는 〈상록수〉를 들어보라. '불량 인간' 김민기가 짓고, '불량 인간' 양희은이 부른 노래가 아니던가? 그들이 아직도 불량 인간인가? 천만의 말씀이다.

조용필은 모든 창조적인 인간, 모든 '불량 인간'의 희망이다. 조용필은 '조용필과 그림자' 시대를 거쳐 '조용필과 위대한 탄생'의 시대를 성취시킨 문화 영웅이다. 내가 그를 문화 영웅이라고 부르는 것은 그의 기나긴 모색과 탐색의 과정에서 이루어진 그의 음악이 이제 하나의 정형을 빚어내었기 때문이다. 정치 영웅은 시대가 만들지만 문화 영웅은 시대가 만드는 것이 아니라 시대를 만든다. 우리는 지금 '불량 인간' 조용필이 고통으로 빚어낸 시대를 살면서 그의 절대 고독이 고통스럽게 일군

시대를 향수하고 있다. 그런데도 우리는 조용필이 더 고독해지기를 바란다. 우리는 이 고독한 문화 영웅의 순교를 기다리고 있는 것임에 분명하다.

아내의 자리

내 나이 스물두 살 때, 서울에서 공부하고 있는데 입영 영장이 나왔다. 고향인 대구 근교의 시골로 들어가 입영 날짜 기다리면서, 어머니 모시고 뽕나무밭을 한 3000평쯤 가꾸었다. 장가들게 되면 아내가 생길 텐데, 아내에게 험한 꼴 보이지 않으려면 장가들기 전에 부지런히 기반을 잡아놓아야 한다는 것이 내 생각이었다. 똥통 져 나르기도 마다하지 않았다. 장가가서 마누라에게 험한 꼴 보여줄 수 없는 거 아니에요? 나는 이런 말을 형수에게 했던 것 같다. 13년 연상인 형수가 내 말을 받아쳤다.

"험하게 일하는 꼴을 어머니께 보일 수는 있어도 아내에게는 보일 수 없다고 생각하는 모양인데, 뭘 모르는군요. 살아보아야 알게 되겠지만 아내라는 상대는 말이지요, 아무리 험한 꼴을 보여주어도 좋은 상대, 함께 험한 세상을 헤쳐가면서 살아가야 할 상대라고요. 아내 앞에서 폼을 잡아가면서 군림하고 싶은 모양인데…… 아내는 그런 상대가 아니에요. 세상없이 부끄러운 일도 아내에게는 부끄러워하지 않아도 되어요. 이 세상에서 한 남자를 보호하는 소명을 맡고 있는 여성은 둘이에요. 하나는 어머니, 또 하나는 아내. 어머니와는 함께 오래 살 수 없으니, 결국 한 남자를 보호하는 여성은 아내이지요. 아내를 꽃으로 여겨 버릇하지 말아요. 아내에게 실례니까……."

그 말뜻 이제 알겠다. 참으로 지당한 말씀이었다는 것을 알겠다. 내 말을 믿는 스물두 살 안팎의 독자들에게 복이 있을지니. 아내는 친구 중에서도 으뜸가는 친구다. 세상에, 지아비 친구 술대접하려고 머리카락을 자른 아내가 있다니…… 그 술 먹은 지아비, 그 술 얻어먹은 지아비의 친구는 물러가라. 머리카락 잘라 팔아 술 사 온 아내도 물러가라. 오 헨리의 단편소설 『크리스마스 선물』에 나오듯이, 사랑하는 지아비의 시곗줄 사주기 위해서가 아니면 아내는 머리카락을 잘라서는 안 된다. 아내의 머리카락보다 소중한 것은 둘 사이를 흐르는 사랑밖에

83

없다. 아내가 지아비 시곗줄을 사주기 위해 머리카락을 자를 때만 지아비는 시계를 팔아 아내의 머리카락 빗길 빗을 사는 법이다. 머리카락은 그럴 때 자르는 것이다.

아들은 아버지가 아내 대접하는 것을 보면서 장차 제 아내를 어떻게 대접해야 하는지 그것을 배운다. 딸은 어머니가 아버지로부터 대접받는 것을 보면서 장차 아내로서 어떤 대접을 받아야 하는지 그것을 배운다. 사람은 타인으로부터 능멸을 당하면서 남을 능멸하는 법을 배운다. 능멸이라니.

내가 운전할 경우, 우리 차 운전석 옆자리는 아내 자리다. 나는 아내로 하여금, 내 친구들에게는 물론이고 대학생 아들에게도 이 자리만은 양보하지 못하게 한다. 그 자리에 앉는 것은 아내의 특권이다. 아들도 장차 맞을 제 아내에게 그렇게 하기를 나는 바란다. 우리 내외는 장가든 아들이 운전하는 자동차의 옆자리를 탐내지 않을 것이다. 내 아들 아내의 자리여야 하기 때문이다. 가정의 중심에는 지아비와 가장 친한 친구인 지어미가 있어야 한다.

여성 시대에 대한 예감

남성우월주의라는 것의 실체가 있기는 있는가? 있다면 나는 비판적인 자리에 설 수밖에 없다. 남녀동권주의라는 것의 실체가 있기는 있는가? 있다면 나는 그 편에 설 수밖에 없다. 이런 나를 두고, 자네, 여성 독자들에게 아부하고 싶은 게로구나, 하고 비아냥거리는 친구들이 없지 않다. 긍정도 부정도 하지 않지만 여성 독자에게 아부한다는 혐의 뒤집어쓰는 거, 나는 그거 별로 두렵지 않다. 여성에 대한 우리나라 남성의 시선은 지금 충분히 위험한 지경에 와 있다고 판단되기 때문이다.

내 친구 아내로부터 남편을 험구하는, 다음과 같은 말을 들은 적이 있다.

"남편요, 집에만 돌아오면 손도 까딱 안 해요. 자리를 안방에서 거실로, 거실에서 화장실로 옮길 때마다 담배와 재떨이도 내가 갖다 주어야 하죠. 지금은 아파트에 사니까 그 정도 심부름은 호강에 속하죠. 전에는 재래식 주택에서 살았죠. 리모컨이 없던 시절이었어요. 재래식 부엌에서 일하고 있는데 남편이 방에서 부르는 거예요. 섬돌에 신발 벗어놓고 안방으로 뛰어들어가, 왜 불렀느냐고 물었더니, 세상에, 개켜놓은 이불에 등을 기댄 채 길게 앉아서, 내게 채널 11을 9번으로 바꿔주고 나가래요, 글쎄."

안 믿어지겠지만 실화다. 남편이 밖에서 힘들게 일하고 들어온 참이라 손끝 하나 까딱하지 못할 정도로 지쳐 있었다면 그럴 수도 있겠다. 하지만 친구는 실업자였다. 악담해서 뭣하지만 친구는 지금도 실업자 노릇 하고 있을 거라고 나는 생각한다. 나는 남편에게 저항하지 못하는 친구 아내에게 살짝 경멸하는 눈치를 감추지 않았다.

남성은 어째서 아내를 그런 식으로 부리는 것을 당연하게 여기는 것일까? 여성은 어째서 남성으로부터 그런 대접을 받으면서도 저항하지 않는 것일까? 남성이 가진 두 가지 큰 역할 때문에 그러기가 쉽다. 무엇일까? 물리적인 생존을 가능하게 하는 근육노동 기능과 종족 보존을 담보로 한 씨주머니이다. 이 두 기능이, 여성에 대한 온갖 차별을 합리화해왔다는 것은 역사가 꾸준히 가르쳐온 바와 같다.

남자가 단연코 비교우위를 누리는 남성우월주의 악습은 남자가 병역과 노동의 주체 노릇을 해왔다는 역사적인 사실과 무관하지 않다. 남성이 여성보다 창칼질, 쟁기질을 더 잘할 수 있는 쪽으로 몸이 발달해온 것은 사실이다. 여성이 바느질이나 길쌈같이 섬세한 일을 잘할 수 있는 쪽으로 손놀림이 발달해온 것도 사실이다. 남성은 이런 몸으로 바깥일을 한다고 해서 '바깥사람'이라고 불렸고 여성이 안일로써 남편을 돕는다고 해서 '안사람'이라고 불렸을 것이다. 이 '안팎' 개념은 우리나라와 일본 남자들에게 특히 뚜렷하다. '아내'라는 우리말은 '안사람'을 뜻하는 '안해' 또는 '안네'가 변한 말이라고 한다. 아내를 뜻하는 일본말 '가나이※内'는, 일본인에게도 이 안팎 개념이 얼마나 뚜렷하게 남아 있는가를 알 수 있게 한다.

남성이 병역과 노역의 주체 노릇을 하는 사정은 옛날과 기본적으로는 다르지 않다. 하지만 사정이 현저하게 바뀌고 있다는 것을 남성이나 여성 모두 알아야 한다. 남성과 여성의 관계가 종적인 상하 관계에서 횡적인 수평 관계로 급속하게 변화하고 있다는 것을 알아야 한다. 이런 변화는 어디에서 오는가? 물리적인 힘이 더 이상 남성의 전유물이 되지 못하는 데서 온다. 남성이어야 할 수 있는 일, 오로지 근육질 남성이어야 할 수 있는 일은 급속한 속도로 줄어들고 있다. '컨트롤시스템'이 일반화되고 있기 때문이다. '컨트롤시스템'이 무엇인가? 전기신호를 물리적인 힘으로 바꾸어주는 시스템이다. 열쇠만 끼우고 돌리면 돌기 시작하는 엔진, 가벼운 손질만으로도 자동차의 주행 방향을 손쉽게 바꾸어주는 '파워스티어링', 발만 가볍게 올려놓아도 자동차를 정지시키는 '파워브레이크'를 작동시키는 시스템이 바로 이 컨트롤시스템이다. 컨트롤시스템이 일찍 발달한 미국이나 유럽에서는, 도로공사장에서 거대한 페이로더나 불도저를 운전하는 여성 구경하기가 어렵지 않다. 미국의 스쿨버스 운전자의 99퍼센트는 여성이다. 이제 힘이 모자라서 운전하지 못할 농기계는 없다. 힘이 모자라서 운전하지 못할 탱크도 없다. 사관학교가 여성 후보생을 받아들이고 있는 현상이 바로 이 새 경향을 반증한다. 일찍이 타이프라이터의 '키보드'

기능에 익숙해진, 손놀림이 섬세한 여성인력은 컴퓨터 분야에서 선전하고 있다. 주위를 둘러보라. 힘이 모자라서 할 수 없는 일은 빠른 속도로 줄어가고 있다. 요컨대 남성이 근육을 자랑하면서 비교우위를 누릴 형편은 더 이상 아닌 것이다.

씨주머니 기능은 어떤가? 외아들, 외딸만 기르고 사는 가정이 늘어나는 상황 따위는 약과에 속한다. 프랑스는 국가가 나서서 출산을 장려한 지가 벌써 오래다. 일본의 인구가 감소 추세로 돌아선 지도 벌써 오래다. 우리나라에도 독신 남성과 독신 여성이 무서운 속도로 늘어가고 있다. 남성이든 여성이든, 씨주머니 기능을 우습게 여긴다는 반증이다. 우습게 여기는 정도가 아니다. 조만간 아기 낳고 싶은 여성은 사랑하는 남성의 아파트 대신 병원의 정자은행으로 달려갈지도 모른다. 요컨대 남성이 근육을 자랑하면서 비교우위를 누릴 형편은 더 이상 아닌 것이다.

나에게는 나와 동갑내기 일본인 친구가 있는데, 몇 년 전 이 친구가 노모 모시고 우리 집을 방문한 적이 있다. 그런데 친구의 어머니는 내 앞에서 무릎을 꿇고 절을 하는 것은 물론이고,

내가 뭐라고 할 때마다 머리를 조아리면서 '하이, 하이' 하다가, 내 방에서 물러갈 때는 또 절을 하면서 '방해가 되지 않았기를 바랍니다' 하는 바람에 낯이 붉어진 적이 있다. 친구에게 물어보고서야 나는 일본의 어머니들은 장남의 친구에게는 '해라'를 하지 않는다는 것을 알았다.

남성에게 고분고분하기로 유명한 일본 여성들이 남성에 대해 조직적이고도 치명적인 항거를 시도한다는 소문이 들린다. 꺼뻑 죽는 시늉을 하면서, 온갖 수발 다 들면서, 남편이 정년퇴직할 때까지 기다렸다가 남편이 퇴직금 받아쥐면 반타작하자고 이혼소송을 제기한다는 것이다. 영감 없어도 살 수 있다, 양말 내놔라, 손수건 내놔라, 이런 소리 이제는 못 듣겠다······ 일본 여성들이 반기를 든 것이다. 노년기에 든 일본 남성에게는 벌써 '인명재처人命在妻'의 시대가 온 것이다. 부인네들의 저항은 바로 남성우월주의의 그늘이 아닌가. 무엇인가? 컨트롤 보드 시대가 왔다는 신호탄이다. 남성에 대한 여성 대반격의 신호탄이다. 여성에게 반격의 차례가 오고 있는 것이다.

텔레비전을 보면, 아내는 남편을 공대하고 남편은 아내를 하대한다. 작가와 피디가 여성이어도 사정은 같다. 노예근성 아 닌가? 부부는 서로 공대하거나 서로 하대하는 것이 좋다고 나 는 생각한다. 나는 아내보다 7년 연상이지만 아내에게 나의 생 물학적 나이를 존중할 것을 은근히 요구할 뿐, 남성으로 존중 해줄 것은 요구하지 않는다. 내 아들딸에게도 나는 그것을 권 장한다.

때가 때인 만큼 '컨트롤 보드'와 '씨주머니'로 남성을 위협 하는 여성이 늘어났으면 좋겠다. 남성과 여성 사이에 터질 건 곤일척의 전면전을 예방하는 길은 이 길밖에 없다고 나는 생각 한다.

딸아, 아비는 네 편이다. 아니다, 아들아, 아비가 네 편 되어 야 하는 날이 올지도 모르겠다.

무엇을 좇다가 전과자가 되었는데?

'민주주의民主主義'는 '데모크라시Democracy'의 역어譯語다. 우리가 처음으로 이렇게 번역한 것은 아니지만, 참으로 절묘한 역어다 싶다. 그러니까 '데모스市民'가 '크라티아權力'의 주체가 되는 것, 이것이 바로 백성民이 주인主 노릇하는 민주주의 정치체제라는 것이다.

시민운동단체가 '법을 어겨가면서라도' 국회의원의 버르장머리를 뜯어고치겠다고 나서서 불완전한 선거법의 개선을 요구했을 때, 한 국회의원은, 너희들이 뭔데 국회의원의 입법권을 시비하느냐고 호통치는 걸 보았다. 그 아저씨 뭘 몰랐던 모양인데, '너희들'이 무엇인지 내가 대답하겠다. '너희들'은 바로 '데모스'다. 데모스의 패거리다. 이대로는 안 되겠다, 안 되겠다 하면서도 여러 가지 이유에서 국회의원들에게 삿대질 못하는 사람들을 대표해서 삿대질에 발길질까지 마다하지 않는 용기 있는 패거리다. 데모스, 즉 '시민'의 연대다. 이제 데모스로서 내가 묻겠다. 그 입법권이 어디에서 나왔는가? 참정권에서 나왔다. 참정권은 무엇인가? '데모스의 크라티아', 백성의 힘이다. 민주주의체제에서 최상위 개념은 '너희들'의 힘, 백성의 힘이다. 입법권 가졌다고 까불 일이 아니다. 자, 선거 앞두고 열리는 후보 합동 연설회장에서, 어디 한번, 너희들이 뭔데 입법권 놓고 감 놔라, 배 놔라 하느냐고 호통 한번 쳐보시지, 그래?

법의 테두리 안에서…… 좋은 말이다. 나는 운전경력 30년에, 도로교통법 한 번 어겨본 적 없는 사람이다. 하지만 나는 자랑스러운 사람이 아니다. 도로교통법 자체를 시비해본 적이 없는 사람이기 때문이다. 법에 관한 한 나는 '크라티아 힘'의 주체가 아닌, 노예와 다름없는 존재다. 나는 노예와 다를 바 없는 존재라서, 노예의 힘을 규합하여 로마제국에 저항한 스파르타쿠스를 사랑한다. 스파르타쿠스 없이, 노예의 지위는 변하지 않는다.

나는 조국이라는 합의체도 때릴 수 있다고 생각한다. 국[etat]을 때리는[coup] 것, 합의체가 제정한 법에 '아니'라고 하는 것, 이것이 '쿠데타[coup d'état]'다. 쿠데타는 정설[定說, orthodox]에 반기를 드는 불순한 이설[異說, paradox]과 같은 것이다. 역사를 보라. 역사는 쿠데타 없이, 이설 없이 진보한 예를 별로 기록하고 있지 않다. 이설을 부르짖다 십자가에 못박힌 분 얘기까지 꺼낼 것도 없다. 법에 관한 한, 나는 버러지나 다름없다.

입법권 얻기 위하여 데모스의 참정권 앞에 고개를 조아리는 국회의원 후보의 4분의 1이 전과자라면서? 전과자와 쿠데타 주동자에게는 한 가지 공통점이 있다. '비합법적'이었다는 것이다. 법 테두리 안에 머물지 않고 비합법적인 방법으로 '국가를 때린 자들'이라는 것이다. 법을 어겨보지 못한 나는, 국가를 때린 경력이 있는, 힘 있는 데모스들을 대체로 존경한다. 그러나 다 존경하는 것은 아니고, 무엇을 좇느라고 국가를 때렸는지 한번 따져본다. 이자는 큰 것[大體]을 좇았는가, 작은 것[小體]을 좇았는가? 전자는 대인이고 후자는 소인이다.

민주주의의 꼴이 말이 아니게 되자 이게 민주주의냐면서 나섰다가, 국가가 그러면 안 된다면서 때리니까 그 주먹 맞받아친 분들이 있다. '분'들이다. 세금 떼먹으려고 세법税法 핥금거린 '자'들도 있고, 군대 싫다고 군대보다 더 험한 고생 사서 한가엾은 '녀석'들도 있고, 안 되는 일 되게 하느라고 뒷손질로 돈질하고도, 정치라는 게 원래 그런 거 아니냐고 우기는 '자식'들도 있고, 심지어는 남의 아내가 너무 사랑스러워 실정법 울타리를 타넘은 것으로 사료되는 '놈'들도 있다. 이제 우리 데모스는, 입법권을 얻으려는 사람들에게 요구하자.

"무엇 때문에 국가를 때렸는지 말해보라. 네가 어떤 종류의 인간인지 알 수 있도록."

잡초를 없이 하되 뿌리까지 없이 하지 않으면 봄바람에 또 들고 일어나느니斬草不除根春風髮又生…….

안 되겠다. 괭이를 둘러메고 나서야겠다.

소리의 목적은 침묵이지요

"70년대 초까지만 해도 고층 건물 지으려면 한국은 일본 손을 빌려야 했어요. 하지만 세계 여러 나라의 거대 구조물 공사 입찰 현장에서 한국에 밀리고 있는 지금의 일본 건축가들은 한국의 고층 건물 시공 기술에 혀를 내둘러요."

미국에서 활약하고 있는 일본 건축가로부터 들은 말이다. 듣기 좋아서 우쭐해진 나에게 그가 덧붙였다.

"……하지만 마무리 손질에 이르면 일한 편차는 여전해요. 일본인에게는, 구석 타일 한 장까지 제자리에 정확하게 붙어 있지 않는 한 공사는 끝난 게 아니죠."

그의 말이 옳다고 생각한다. 짧은 기간이나마 일본 교토의 연립주택에 머물면서 건물 공사가 어떻게 마무리되었는지 꼼꼼하게 살피고 확인할 수 있었다. 내게는 약간의 공사 현장 실무 경험과 20년에 걸친 한국 아파트 거주 경험이 있다. 그만하면, 일본 건축가의 말에 고개를 끄덕일 자격이 있다고 생각한다.

나는, 17년째 사는 서울 근교 아파트에서 지금도 소음에 시달린다. 위층 아이들 발소리에 시달리고, 옆집 피아노 소리에 시달리고, 공지 사항 알리는 실내 스피커에 시달린다. 일본 연립주택에서는 이웃이 내는 소리를 들어본 적이 없다. 벽이나 바닥이 워낙 두꺼워 웬만한 소리는 상하좌우로 전해지지 않는단다. 일본인은 남에 대한 배려가 공상스러운 것으로 유명하지만 그것만으로 연립주택이 조용한 것은 아니란다. 연립주택(하드웨어)이 워낙 잘 지어진데다 이웃에 대한 배려(소프트웨어)가 각별해서 일본 연립주택은 절간 같단다.

지난 3월, 남산 밑에 우뚝 솟은 고층 특급 호텔에서 열리는 한 회사 창립 기념 잔치에 참석하는 실수를 했다. 개막 팡파르가 울리는데, 옆에 앉아 있던 여성 화가 한 분이 기절초풍하고는 모로 쓰러졌다. 참으로 폭발적인 음향이었다. 어찌나 폭발

적이었던지 귀를 막아도 가슴이 울렁거렸다. 하지만 모두 참아서 나도 참았다. 축사는 소리가 너무 커서 알아들을 수 없었고, 축가 부르는 소프라노의 고음 패시지는 귀청을 찢는 것 같아서 귀를 막아야 했다. 동석했던 노** 음악평론가의 입술에 냉소가 감돌았다. 소리 지옥에서 견디다 못해, 소리가 그렇게 큰 줄 몰라서 그러는 모양이라고 생각하고 현장 중계 중인 기술 스태프에게 귀띔해도 허사, 진행 스태프에게 충고해도 허사, 그 초호화 호텔 지배인에게 항의해도 허사였다. 한 손으로는 스피커 쪽 귀를 막고, 한 손으로는 폭발적인 음향에 진동하는 주린 배를 움켜잡고 두 시간(!)을 견뎠다. 보람이 없었다. 하마 끝날까, 하마 끝날까, 기다리면서 견디고 견디면서 기다리는데, 전자 바이올리니스트를 필두로 악단까지 또 한 무리 무대로 쳐들어 오는 걸 보고는 기겁을 하고, 동석했던 선배와 함께, 직원의 만류를 뿌리치고 뛰쳐나왔다. 선배 함자를 밝히는 게 좋겠는데, 그는 편집디자이너 정병규 교수다. 우리는 저녁 식사 초대받고 갔다가 따귀를 맞고 쫓겨난 기분을 서로 다독거리면서 밖에서 밥을 사먹었다. 우리는 서로 물었다.

"우리는 저들의 무례에 과격하게 반응했는가? 우리는 안정 저해 사범인가?"

미국의 경우, 그런 잔치에서 손님들이 연단에 주목해야 하는 시간은 30분을 넘지 않는다. 행사는 계속되지만 듣고 싶으면 듣고, 듣기 싫으면 차려진 음식을 먹으면서 옆사람과 담소하니 행사와 식사가 사이좋게 공존하는 셈이다. 우리가 뛰쳐나오고 만 행사처럼, 연단을 제외한 조명이라는 조명은 다 꺼버리고 악다구니로 자화자찬하느라고 두 시간 이상 손님 배 곯리는 무례는 범하지 않는다.

한 문학상 시상식장 뒤풀이 자리에서, 주최측이 손뼉을 치고는, 좌상의 '한 말씀'이 있는 만큼 좌중에게 주목할 것을 요구했다. 그러자 좌상은 가만히 일어나 주최측을 저지하면서 나직하게 말했다.

"당신이 주목을 요구할 것 없어요. 나의 '한 말씀'이 곧 그 주목이라는 것을 획득하게 될 테니."

잦아진 뒤에 침묵을 지어내지 못하는 소리를 우리는 소음이라고 부른다. 그렇다면 소리 문화의 정점은 고요이겠다.*

• 나는, 우리가 소리에 너무 무신경했던 만큼 그걸 의식화意識化하자는 뜻에서 《동아일보》에다 이 글을 썼다. 이 글을 쓸 당시, 내가 참석했던 행사의 주체 되는 회사와 나는 모종의 계약을 추진 중이었다. 이름을 대면 누구나 알 만한 그 회사의 창립 기념 행사를 씹으면서 나는 그 회사와의 계약파기까지 각오하고 있었다. 일간지에다 공개적으로 회사를 씹는 사람을 그 회사가 좋아할 리 없을 것이기 때문이다. 그런데 며칠 뒤 그 회사 회장의 사신私信이 내게로 날아왔다. 행사를 마련하는 사람들이 '소리 문화'에 무신경했다는 것을 인정한다, 무례를 진심으로 사과한다, 이런 내용이었다. 소리 문화에 둔감했을지언정, 그 회사 회장의 금도襟度, 아무나 흉내낼 수 있는 게 아니라고 나는 본다.

100

나는 눈물을 믿는다

나는 잘 운다. 북으로 가지도 못하고, 남으로 오지도 못하는 채 러시아를 떠도는 리진의 서정시집 읽다가 여러 번 울었다. 하도 좋아서, 라디오방송 나가 청취자들에게 그의 〈나무를 찍다가〉를 들려주고 싶었다.

그는 난생처음
한아름 거의 되는 나무를
찍어 눕혔는데
그 줄기 가로타고 땀을 들이며
별 궁리 없이

송진 냄새 끈끈한 그루터기의

해돋이를 세었더니 쓰러진 가문비와 그는

공교롭게도

동갑이었다

한 나이였다. (제1연)

목이 메는 바람에 마침내 다 들려주지 못했다. 하지만 다 들려주지 못한 것만은 아니다. 그것이 나의 독법이었으니.

홍세화의 『세느 강은 좌우를 나누고 한강은 남북을 가른다』를 읽다가, 파리 근교 뫼동 숲에서, 나무에서 떨어진 지 얼마 되지 않아 반짝거리는 밤알들, 필경은 곧 썩고 말 그 무수한 밤알들을 보면서 그의 아내가, "여기에 북한 사람들이 오면 참으로 좋겠지요." 하더라는 대목을 읽다가 울었다. 젊은 문학평론가들 만난 김에 그 이야기 들려주고 싶었는데 목이 메는 바람에 마침내 다 들려주지 못했다. 하지만 다 들려주지 못한 것만은 아니다. 그것이 나의 화법이었으니.

우리 대통령이 김정일 위원장을 긍정적으로 평가하기 시작한, 저 베를린 '좌익 용공성' 발언 보도가 나왔을 때도 나는 돌아서서 눈물을 훔쳤다. 나는 그때 아내에게 아주 명토 박아, 외교적 언사라도 좋다, 이것은 남북 관계의 매우 중요한 전기를 마련할 것이다, 하고 예언해두었다. 예언이 들어맞으면 좋겠지만, 들어맞지 않아도 나는 그런 자세에 대한 믿음을 버리지 않겠다. 나는 눈물을 믿는다. 눈물을 지어내는, 사랑이 있는 분위기를 믿는다.

자주 하는 것은 아니지만, 나는 아내와 더러 다투기도 한다. 그럴 때면 나는 논리정연하게 내 행위를 발명發明한다. 그러나 논리로써 다툼의 뒤끝을 깔끔하게 마무리할 수 없다는 것을 나는 잘 알고 있다. 논리로써 아내를 설득하는 것은 가능하다. 그러나 논리에 휘둘린 상대가 나에게 아주 완전하게 승복하는 경우를 나는 경험하지 못했다. 우리는 서로에게 짐으로써 이기고는 하는데 이것을 우리는 사랑이라고 부른다. 남북문제가 다른 국제 문제와 다른 것은, 서로 헐뜯은 경험이 있는 형제 사이, 혹은 부부 사이와 비슷하다는 점이다. '화해의 한마당'이라는 말은 그래서 쓰인다. 화해에 상호주의라니? 다툼의 뒤끝을 정리하는 나와 아내 사이에는, 역상호주의가 있을 뿐, 상호주의 따위는 존재하지 않는다. 논리를, 나는 눈물의 성분분석표와 비슷하다고 생각한다. 눈물의 성분분석표는 절대로 눈물을 설명해내지 못한다. 내가 이러면, 사람들은 '비논리적인 순진한 발상'이라고 한다. 맞다. 비논리적인 순진한 발상이다. 그러나 바깥 비즈니스에서까지 비논리적인 순진한 발상을 고집하지는 않는다. 사랑하는 사람들에게만 나는 논리적이지 않다. 하지만 다만 '논리적'이지 않을 뿐이다.

나의 친구 인하대 교수 차동우 박사의 말이 맞다. 그는 내게 물었다.

"당신, 방 한 칸 내놓을 용의 있어? 통일 문제, 그런 자세로 시작해야 풀려."

'이 산 저 산 꽃이 피니 분명코 봄이로구나'로 시작되는 단가 〈사철가〉에, '국곡투식國穀偸食하는 놈들'이라는 노랫말이 있다. 우리는 요즘 그 노랫말을 '통일 방해하는 놈들'로 바꿔 부른다. 마침내, 긴 다툼 끝에 남북이 만나는 화해의 한마당이다. 이 마당에다 나는 비논리적인 순진한 나의 발상을 보태고자 한다.

차 교수, 나는 방 한 칸 내어놓을 용의가 있소.

데일리 씨, 현명한 시민은요……

데일리 씨, 당신의 슬픈 세월에 묻어 있던 노근리 회한이 어제 피해자들 앞에서 흘린 눈물에 씻기었기를 바라요. 나는, 가해 자로서 눈물을 흘린 당신 역시 역사의 피해자 중 하나라고 여 긴답니다. 이렇게 여기는 데엔 실로 까닭이 있지요.

나는 노근리 양민 학살과 관련된 소식을 지난 10월 중순에 당신네 나라에서 처음 접했답니다. 그때 나는, 당신이 사는 테 네시주 클락스빌에서 6백 마일 떨어진 미시건주 랜싱에 있었 어요. 그리스 여행에서 돌아온 직후였지요. 진상조사위원회를 구성하자커니 못하겠다커니 한다는 보도를 접하면서, 나는 이 문제의 쟁점이 어디로 모이게 될 것인지, 귀신같이 짐작했어요. 학살의 주체가, 군인 신분이어서 명령을 어길 수가 없었다, 어쩔 수 없었다, 이렇게 뻗댈 것으로 짐작했던 것이지요. 이런 문제의 쟁점은 대개 그리 모이게 되어 있답니다. 어째서? '군인 신분'과 '상부 명령'이라는 페인트 분식^{粉飾}을 긁어보면 무엇이 나오겠어요? '양민 학살의 합리화에 필요한 공식'이 나오겠지요. 인류가 군인에 의한 양민 학살의 내역을 그렇게 설명해온 것은 어제오늘의 일이 아니랍니다.

말꼬리 잡자는 것이 아니에요. 당신은, 군인이었다는 것을 후회하지 않느냐는 기자 질문에, "대단히 자랑스럽게 생각한다."고 대답하더군요. 당신네들이 잘하는 빈말이었으면 좋겠지만 정말로 자랑스럽게 생각한다면 그거 문제예요. 당신네 동아리 사이에 '노근리를 입에 올리지 않는다는 일종의 묵계가 이루어져 있었다'는데, 그런 예비역은 군 경력을 자랑스럽게 여겨서는 안 되지요. 49년 동안 침묵을 지켰고, 가족들에게 노근리 얘기를 단 한 번도 한 적이 없다면, 당신은 자랑스러운 예비역이 아니지요. 진실을 알고 싶다는 기자에게 '양심의 문제라고 생각하고 입을 연' 순간에야 당신은 자랑스러운 예비역이 되는 거지요.

당신이 열아홉 꽃 같은 나이에 한국에 와서 싸웠듯이 나도 스물셋 꽃 같은 나이에 월남에 가서 싸움이 무엇인지도 모르고 싸웠어요. 귀국 직후, 친구들은 양민을 학살하고 온 것도 아닌 나에게 부끄러워하기를 요구했어요. 나는 완강하게 버티었지요. 나는 군인이었다, 명령받고 갔다, 명령받고 싸웠다, 나더러 어쩌라는 말이냐, 이러면서 버티었어요. 그런데 한 3년을 버티고 있으려니 부끄러워지더군요. 하수인에게는 자랑스러워할 자격이 없다 싶더라고요. 그래서 결혼 약속한 애인과 함께 참전의 증거가 될 만한 물건들을 한 보따리 싸 들고 국립묘지로 갔어요. 그 보따리가 있을 곳은 거기밖에 없을 것 같아서요. 내 아내는, 내가 월남전 참전 경력을 자랑스럽게 여기지 않는다는 것을 잘 알고 있답니다.

'군인 신분'과 '상부 명령' 사이의 인류사적 갈등에 해법이 없는 것은 아니에요. 어떤 사람이 대인이고 어떤 사람이 소인이냐는 질문에 중국의 철학자 멍쯔孟子는, "큰 것을 좇는 자는 대인, 작은 것을 좇는 자는 소인從其大體爲大人 從其小體爲小人"이라고 했답니다.

데일리 씨, 상부 명령이 큰가요, 양민 목숨이 큰가요? 당신도 정답을 알고 있었던 것 같군요. "어린이와 노약자를 쏘라는 명령을 차마 따를 수 없어 굴다리 벽 쪽으로 총을 쐈다."고 했으니까요. 거짓말을 하고 있지 않다면 당신은 그때 대인이 될 뻔했어요. 군인이 어떻게 상부 명령을 어기느냐고요? 명령을 어긴 정도가 아니라 상부를 아주 두들겨 팬 사람도 숱한걸요. '십자가 군병' 루터는 벌써 500년 전에 몸붙여 살던 교회를 두들겨 팼고, 프랑스 '시또양(시민군)'들은 200년 전에 조국^{etat}을 두들겨 팼^{coup}어요. 새 밀레니엄은, 현명한 시민이라면 악법을 준수하는(소크라테스는 물러가라!) 대신 악법의 제정 주체를 두들겨 패는 시대가 될 것으로 나는 믿어요. 당신들이 좋아하는 '휘슬블로어(내부고발자)'가 준동하여, 사람 목숨보다 중하게 여겨지던 조직을 쳐부수는 시대라고 나는 믿어요. 악법과 명령이라는 것 때문에 마음고생 많이 했겠네요. 그리스에서, 아무래도 인류 역사를 두고 하는 말 같아서, 아리스토파네스의 명언 한마디 주워왔어요.

"인생이 고해苦海인 것만은 아니다. 처음 100년은 조금 힘들겠지만."

내가 어디에서 와서 어디로 가는가 하면

『월간조선』'향인지鄕人誌'에 경북 군위군 편이 '농투성이 많은 호젓한 산촌'이라는 제목으로 실려 있었다. 한 권 사서 그 연재물부터 들춰본다. 스물다섯 장의 인물 사진이 실려 있다. 군위군이 배출해낸 잘난 사람들 사진이다. 추기경 김수환, 정치가 김현규, 가수 신해철, 경제학자 사공일, 방송인 신은경…… 내 사진이 거기 껴 있을 리 만무한데도 사진을 일별하는 그 짧은 순간에 경험하는 인간의 턱없이 허망한 '심리'. 내 사진이 포함되어 있지 않다는 것을 확인하고, 보편적인 인간의 심리가 얼마나 천박한 것인가를 확인하는 순간 내가 토해낸 신음.

인간아, 인간아.

어찌 나뿐일까. 새로 찍혀나온 전화번호부에서 자기의 이름 석 자를 확인해본 사람들은 무슨 뜻인지 납득할 것이다. 세상의 많은 사람들에게는 이와 비슷한 느낌의 경험이 있을 것이라고 나는 생각한다. 글로 쓰거나 말로 하지 않을 뿐이다. 쓰거나 말하는 데는 용기가 필요하다.

'향인지' 필자가, 하도 드러낼 것 내세울 게 없어서 글 쓰느라고 애를 먹은 흔적이 역력한 군위군, 그 군위군의 우보면 두북동 2구가 나의 고향이다.

내 고향 이야기는 쓰지 않으려고 했다. 내 고향 사진은 내 얼굴과 함께 박아내지 않으려고 했다. 그래서 나는 내 고향 마을을 내 사진과 함께 박아내려고 하는 미디어의 모든 시도에 조금도 협조하지 않았다. 소설가는 프로 거짓말꾼인데 고향 마을을 공개해놓으면 거짓말을 하는 데 지장이 있지 않겠는가. 그런데도 나는 왜 용기를 내어 이렇게 하고 있는가?

사슴 얘기로 시작하자. 내가 살던 미국 땅에는 사슴이 많다. 미국은 무수한 사슴이 자동차 바퀴에 깔려 죽는 나라다. 주행 속도 시속 120킬로미터는, 고속도로로 불쑥불쑥 올라오는 사슴을 피하기에는 너무 빠른 속도라서 그렇다. 한겨울, 눈 위에

110

서 사슴을 친 나의 선배 한 분은, 자동차 범퍼에 부딪히면서 지른 사슴의 비명이 마음에 걸린다면서 자꾸만 술을 청했다. 부인이, 그 사슴을 멀리 시카고로 보내어 개소주 비슷한 사슴 소주를 고아왔지만, 그는 그 보약을 끝내 입에 대지 못했다. 내가 살던 미시간주에만 해도 약 100만 마리의 사슴이 있다. 문제는 1년 중 사슴의 활동이 가장 활발할 때가 초겨울, 하루 중 가장 활동이 활발한 시간이 해 지기 두 시간 전후라는 데 있다. 눈이 많은 미시간, 그것도 어둠에 싸인 고속도로에서는, 목숨을 걸지 않고는 사슴을 피하지 못한다. 그래서 눈길 여행 나설 때마다 나는 비장해지고는 했다.

북미대륙 일주에 나선 지난 1995년, 우리 가족은 무수한 '사슴 주의' 표지판을 보았고, 길가로 나와서 자동차를 구경하거나, 느려터진 걸음걸이로 길을 건너는 무수한 종류의 사슴 낯을 익혔다. 캐나다와 미국 중동부 고속도로변은 숲이 깊고 먹을 것이 가멸어서 사슴이 많다. 버지니아주의 셰넌도어국립공원 다녀온 사람은 '나무 반 사슴 반'이더라고 허풍을 쳐도 대개 용서가 된다.

그런데 네바다의 황량한 사막, 유타의 척박한 고원지대에도 군데군데 '사슴 주의' 표지판이 있었다. 해발 5000미터에 육박하는, 만년설 이고 선 로키산맥 정상부 산길에도 있었다. 서울에서 나서 자라고 미국에서 중등교육을 받은 내 아들딸은 그런 표지판을 볼 때마다 사슴을 비웃고는 했다. 골 빈 사슴들이 아니냐고…… 그 좋은 중동부 숲을 다 놔두고 왜 그 황량한 사막과 척박한 산중에 사느냐고…….

나는 아들딸을 향하여 이렇게 쓴다. 아들딸아, 너희들은 아직 알지 못한다. 이 세상에는 네바다 사막과 유타의 고원지대보다 생존조건이 훨씬 열악한 자연에 터를 잡고 사는 사슴이 얼마나 많은지를. 50년대의 네 아비의 고향은 네바다의 사막과 유타의 고원에 견주어 나을 것이 없었다. 수성암의 퇴적층이 생으로 드러나 있는 그 땅에는 사슴조차 살지 못했다. 잡아먹을 토끼조차 없었다. 너희들은 마침내 알지 못한다. 감정 습관을 길들여가면서 살다 보면 그렇게 열악한 삶터 또한 고향이 되고, 잠깐 떠나 살아도 그곳이 마침내 돌아가야 할 어머니 대지의 품 안이 된다는 것을…… 이 경험이 이 얘기를 쓰는 간접적 소이연이다.

딸 얘기를 보태자. 내가 14년 전에 마련한 과천의 주공 아파트 베란다에 서면 관문초등학교가 내려다보인다. 아침 조회가 열리거나 운동회 연습이라도 할 때는 확성기 소리 때문에 여간 시끄러운 것이 아니다. 하지만 내 아들딸에게 이 학교는 아주 뜻깊은 곳이다. 아들은 그 학교 졸업한 직후에, 딸은 5학년 다니다 미국으로 갔다. 미국에서 딸아이는 곧잘 자기는 관문국민학교 중퇴생이라고 자조하고는 했다. 숙녀티가 완연한 그 딸이 지난해 나와 함께 귀국했다. 딸아이가 귀국해서 맨 먼저 한 일은 그 국민학교, 이름조차 초등학교로 바뀌어버린 그 학교 운동장을 한 바퀴 도는 일이었다. 딸아이는 5년 동안 몰라보게 자라버린 동기생들 모습과 5년 동안에 엄청나게 자라버린 교정의 나무들 몸피를 여간 신기해하는 것이 아니었다. 나는 그런 딸아이를 보면서, 저 아이가 세월의 적막을 경험하고 있겠구나, 하고 짐작했다.

딸아이에게 재미있는 습관이 생긴 것으로 판명되었다. 초등학교에서 왁자지껄하는 소리가 들려오면 베란다로 나가 운동장을 내려다보고 학교에서 무슨 일이 벌어지고 있는지 확인하는 버릇이 그것이다. 숙녀티가 완연한 아이가 모교인 초등학교 운동장에서 벌어지는 일에 유난히 깊은 관심을 보이는 까닭을 이해한 날, 나는 서툰 솜씨로나마 시를 한 수 적어 딸아이에게

113

보여주었다. 딸아이는 쓸쓸하게 웃기만 했다.

관문국민학교 5학년 때 미국으로 갔다가
숙녀가 되어 돌아온 딸아이에게
이름조차 바뀌어버린 관문초등학교는
영원히 졸업할 수 없는 학교다.
그리움이다.

내게는 어머니가 그렇다. 미국에 살고 있던 나에게 여러 차
례 술을 권한 글 한마디가 있다. 소동파蘇東坡의 〈강성자江城子〉라
고 하는 송사宋詞의 한 구절이 그것이다.

해마다 나를 애끓게 하던 데가 어딘지 비로소 알겠구나.

料得年年斷腸處

달 밝은 밤의, 다복솔이 서 있는 작은 산등성이였구나.

明月夜 短松岡

나는 어머니 무덤이 있는 우리 집 선산의, 다복솔에 덮인 작
은 산등성이가 그리워서 새벽 술 마시면서 식구들 몰래 눈물을

홈치고는 했다. 내게는 그 작은 산등성이가 세계의 중심이다.
나에게 어머니는 유한恨과 동의어다. 슬픈 그리움의 원적原籍
이다. 어머니의 무덤이 있는 고향도 그렇다.

　내 어리던 시절에는 '안동 양반, 의성 사람, 군위 것들, 대구
놈들'이라는 우스갯소리가 있었다. 반촌班村으로 이름난 안동에
서 의성과 군위를 거쳐 대구 쪽으로 내려갈수록 반성班性이 묽
어진다는 수구적인 우려에서 나온 말일 게다. 우리 집안은 조
부대에 이르러 의성군 비안면을 거쳐 군위군 우보면에 정착했
는데도 불구하고 내 어린 시절의 숙부님이나 형님들은 원향原鄉
이 어디냐는 질문을 받으면 꼭 안동이라고 대답했다. 16대조가
충청도 영춘에서 안동군 주촌으로 옮겨 터를 잡아 입향시조入鄉
始祖가 된 이래 근 400년 안동의 주촌周村에 터 잡고 살아왔으니
그렇게 말해도 실로 무방할 터이지만 다분히 '안동 양반, 의성
사람, 군위 것들, 대구 놈들'이라는 옛말 때문에 '의성 사람, 군
위 것들' 되기가 망설여져서 그랬던 것이 아닐까 싶다. 한미하
기 짝이 없는 우리 영춘 이가永春李家는 원향인 안동의 안동대학
교 총장 자리에 우리 이가李家가 앉아 있다는 사실을 상징적인
자랑거리로 삼는다. 우리 집안 문화는 매우 안동 지향적이다.

우리 어머니는 모두 9남매를 낳아 7남매를 길렀다. 나는 1947년에 7남매의 막내로 군위군 우보면 두북동에서 태어났다. 아버지는 내가 첫돌을 지낸 직후에 세상을 떠났다(이 글을 쓰고 있는 오늘이 마침 아버지 기일이니, 공교롭다). 내 기억에 아버지 모습이 남아 있을 리 없다. 사진도 남아 있지 않다. 다만 전설이 남아 있을 뿐이니, 체격이 엄장하고 힘이 장사였으며, 도량이 크고 도량에 못지않게 발 또한 컸다는 것이다. 그래서 그런지 나는 발이 너무 커서 세계화 시대가 오기까지 구두 사 신는 데 애를 먹었다. 내 아들 발 길이는 무려 30센티미터를 넘는다.

아버지 세상 떠나던 해, 내게 17년 맏이인 장형長兄은 열아홉 살의 기혼자였다. 마땅히 가장으로서 승업承業해야 할 터인데 6·25가 터졌다. 장형은 입대하여 일등중사로 복무하다가 전쟁 끝난 뒤부터 고향에서 50킬로미터 떨어져 있는 대구에 터를 잡았다. 대도시 인근의 산촌이 지니는 보편적인 운명이겠지만 우리 가족사에서 대구와의 악연도 이렇게 시작된다.

장형이 대구에서 자동차 사업에 관심을 보이는 사건과 우리집 가세가 기울게 된 계기와는 밀접한 관계가 있다. GNP가 60달러가 채 안 되던 50년대의 자동찻값은 오늘날의 자동찻값과

달라도 많이 다르다. 홀어머니는 논밭을 팔기 시작했던 것으로 나는 기억한다. 우리 집은 군위군 첩첩산중의 끝 마을의, 끝에서 두 번째 집. 우리 선산先山 등성이만 넘으면 의성군이다. 실제로 우리 전답의 상당수는 행정 구역상 의성군에 속해 있었다. 그런 우리 집에 이미 50년대에 알곡과 쭉정이를 거르는 기계인 풍구風具, 족답식 탈곡기가 있었다는 것은 농지 규모가 만만치 않았다는 반증이 된다. 그러나 나는 너무 늦게 태어나는 바람에 규모가 만만치 않던 살림의 혜택을 받지 못하게 된다.

조모는 글에 밝았다. 쓰는 데도 밝고 읽는 데도 밝아서 인근의 문장을 대독代讀하고 대필代筆하는 일이 적지 않았다. 나는 조모 밑에서 『천자문』부터 깨쳤다. 『명심보감』은 같은 마을에 살고 있던 고종형의 어깨너머로 외웠다. 『동몽선습』과 『채근담』도 그렇게 했던 것 같다. 장형의 중학교 교과서도 달달 외웠던 것 같다. 지금도 '물상物象'이라는 이름의 과학 교과서에서 본 '돌젤라의 실험"라는 말이 기억에 남아 있다. 이탈리아 물리학자 토리첼리를 당시에는 그렇게 표기했던 것 같다. 그러고 나서 우보국민학교에 들어가는 날 나는 기차를 처음 보았다. 4년 반을 다녔다. 지금의 우보초등학교는 나를 기억하지 못한다. 하지만 나는 수더분하던 친구 황삼진과 자꾸만 내 애인처럼 여겨지던 이정필의 이름과 함께 우보초등학교를 잊지 못한다.

조모의 취미 중 하나는 고담古談을 송창誦唱 가락으로 읽는 것이었다. 조모가 거처하던 사랑에는 그 소리 들으려는 사람들로 붐볐다. 조모가 즐겨 낭독하던 책은 『옥루몽』이었다. 요즘 말로 하자면 독서광이던 조모는 내가 국민학교 2학년 다닐 때 세상을 떴다. 나는 이정필에게, 할머니가 돌아가셨으니 너도 우리 집에 가봐야 한다고 우겼던 것을 보면 얼뜨기였던 모양이다. 조모의 책은 어머니가 물려받았다. 어머니 시절에 장서가 많이 늘어났다. 어머니도 조모처럼 『옥루몽』을 비롯, 『숙영낭자전』『조웅전』『류충렬전』『장화홍련전』『권익중전』 같은 책을 소리 내어 읽는 것을 즐겼다. 나는 어머니를 기쁘게 해주기 위해 천박하게도 그 책을 통째로 외웠던 것 같다. 『권익중전』을 비롯한 몇 권은 내가 처음부터 끝까지 달달 외던 책이기도 하다. 그 책을 통해 접하게 된 소상팔경瀟湘八景의 생생한 묘사는 이미지로만 내 기억에 남아 있다. 백사장에 떨어지는 오리平沙落雁, 내포內浦로 들어오는 먼 돛배遠浦歸帆, 동정호 가을달洞庭秋月, 소상강 밤비 소리瀟湘夜雨...... 그런데 '어장촌 개 짖는 소리'가 여기에 껴든다. 확인해보아도 '어장촌 개 짖는 소리'는 소상팔경에 들어 있지 않다. 기억의 오류로 요동팔경 중 하나가 껴든 성싶다. 내가 '자야룡담전'이라고 불러 어머니를 실소하게 하던 책도 있다. 원래의 제목은 '자룡전 야담'으로, '자룡전'을 먼저 쓰고 그 밑줄에다 '야담'이라고 쓴 것인데 '야'자는 '자'와 '룡' 사이에, '담'자는 '룡'과 '전' 사이에 박아놓아서 내가 그렇게 읽었던 것 같다. 어머니는 논일 밭일하는 틈틈이 송창 가락에 맞추어 『옥루몽』의 한 구절을 노래하고는 했다. 내가 눈물 없이는 입에 올리지 못하는 송창 한 가락.

동정호 밝은 달에 채련採蓮하는 아해들아,
십 리 창강 배를 띄워 물결이 급다 마소.
그 바람에 잠든 용 깨면 풍파일까 하노라.

오랜 세월이 지난 뒤에 나는 육자배기에서 이 가사를 만났다. 어머니 송창 가락이 내 몸에 육화된 탓이겠지만, 좋기는 좋아도 눈물은 안 났다.

내 고향 우보면 두북동은 우보국민학교가 있는 면소재지에서도 4킬로미터쯤 떨어져 있다. 학교는 산을 두 개씩 넘으면서 걸어다녔다.

위로 형들과 누나들이 한 분씩 대구로 떠나거나 출가하면서 어머니와 2년 연상의 형과 나, 이렇게 셋이서 농사일을 꾸리던 시절이 내 고통스럽던 고향살이의 절정을 이룬다. 농사에 관한 한 나는 형에게 조금도 도움을 주지 못하는 지진아였다. 내가 학교에 들어갈 즈음 우리 재산으로 논 일곱 마지기, 밭은 여남은 마지기가 남아 있었던 것 같다. 내 형은 겨우 열 살 넘기고부터 써레질, 쟁기질을 하는 등 어른 몫을 능히 하면서 어머니를 도왔다. 열 살 때 이미 겨울철에는 아름드리 소나무를 쓰러뜨려 장작을 만들고 이것을 짊어지고 읍내에 내다 팔기까지 했다. 형에게는 참 따뜻한 버릇이 있었다. 아름드리 소나무를 자르기 전에 먼저 톱 등으로 나무를 툭툭 건드리면서, 나무요 나무요 톱 들어가니더, 하고 중얼거리던 버릇이 그것이다. 형은 이랬다.

　"구처求處 없어서 베기는 한다만 백 살 넘는 나무 욕보일 수는 없지."

　어머니와 열 살을 겨우 넘은 형이 무진 애를 썼는데도 불구하고 우리 집에는 겨울 양식이 남아나지 않았다. 가을이면, 장형에게 돈을 빌려준 먼 친척이 들어와 곡식을 실어갔기 때문이다. 곡식을 빼앗아 싣고 동구를 떠나던 수레 뒷모습이 아직도 내 눈에 어른거린다.

농토는 자꾸만 줄어갔다. 1958년의 어느 봄날, 어머니와 형과 나, 우리 세 가족은 형들과 누나들이 떠난 대구를 겨냥하고 이불, 냄비, 옷가지를 한 짐씩 이고 지고 고향을 떠났다. 대구까지는 50킬로미터. 이틀 동안 걸어서 갔다. 찻삯이 있기는 했을 것이다. 그러나 절대 빈곤 시대의 차삯은 상대적으로 높게 마련이다. 가족이 며칠 연명할 만한 액수가 아니었나 싶다. 내 나이 열한 살 때의 일이다. 걸어서 떠난 고향이라서 나에게는 한이 많다. 나는 걷는 데는 선수다. 그로부터 28년 뒤에 어머니가 대구에서 세상을 떴다. 형님들은 어머니를, 28년 전에 우리가 걸은 길을 되짚어 고향 선산, 아버지 옆에 모셨다. 어머니는 긴 세월, 아주 먼 길을 돌아 원래 자리로 돌아가신 것이다.

나는 왜 큰 산도, 큰 물도, 볼 것도 자랑할 것도 없는 내 고향 얘기를 이렇듯이 하고 있는가? 나는 1958년에 그 척박한 고향을 떠나 대구로 갔다. 대구에서는 대구에 어울리는 자기강화 프로그램이 필요했다. 1968년에는 그 대구를 떠나 서울로 옮겨앉았다. 서울에서는 서울에 어울리게 나 자신을 확장시키지 않으면 안 되었다. 1991년에는 서울을 떠나 미국으로 갔다. 미국에서는 새로운 언어와 전혀 낯선 삶의 방식이 필요했다. 나는 다시 미국으로 돌아가야 한다. 하지만 나는 미국에서 고향으로 돌아가게 되어 있다.

40년 전, 한마을에 살면서 끼니때마다 우리 집 굴뚝에서 연기가 나는지 안 나는지 확인하던 내 고모와, 고향 떠나던 내 손에 화폐개혁 전의 100환짜리 한 장 쥐여주던 고종형 정대림鄭大琳은 우리 떠난 직후 우리 집으로 이사했다. 그리고 40년 동안 외가 선산을 덤으로 돌보면서, 시도 때도 없이 선산 드나드는 외가 식구들에게 시달리면서도 집안을 일으켰다. 그도 우리 집이 아닌 우리 집에서 자식 5남매를 낳아 길러 도시로 떠나보냈다. 나의 생가는 이제 그 5남매의 생가이기도 하다. 고종형은 20여 년 전에는 초가이던 본채 지붕을 기와로 바꾸었다가 3년 전에는 본채를 아주 헐고 그 자리에 개량 양옥을 지었다. 그 집 개축에 대한 우리 형제들 감정은 당연히 양가적兩價的일 수밖에 없다. 우리는 그 집이 그 모습 그대로 있어주었으면 하는 바람을 삭이고 넉넉해진 고종형의 살림에 박수를 보내야 했다. 이제 나의 생가는 물론이고 고종형 아들딸 5남매의 생가도 더 이상 옛 모습을 지니고 있지 않다. 군위군이나 우보면의 개발 현황에

122

대한 나의 감정도, 생가에 대해서 그랬듯이 양가적이다. 고향 떠나 있는 나 같은 사람은 무책임하게도 고향 모습이 고스란히 보존되어 있기를 바란다. 하지만 우리는 변화를 자연스럽게 받아들여야 한다. 세월이 가고 세상의 모습도 바뀌어가는 것이니까. 고인총상금인경古人塚上今人耕이라고, 옛사람 장지葬地는 지금 사람의 밭이 되는 것이거니.

조부모님과 부모님이 묻힌 우리 선산은 나의 생가에서 겨우 200미터밖에 떨어져 있지 않다. 부모님 산소에서 조금 떨어진 곳에는 2년 전, 마흔일곱 꽃다운 나이에 세상을 떠난 한 많은 내 장조카의 무덤이 있다. 그리고 그 장조카를 묻으면서 그 위에다 장형과 중형仲兄이 조성해놓은 널찍한 산밭이 있으니, 형님들 말씀 빌리자면 우리 4형제의 자리란다. 나는 오랜 세월 먼 길을 돌아, 내가 태어난 방에서 겨우 200미터밖에 안 떨어진 그 산밭으로 돌아가야 한다는 것이다.

어머니가 그렇듯이 고향은 내 삶 한가운데 부동자세로 서 있는 중심이다. 나에게 고향은, 삶이 국면전환을 맞을 때마다 되돌아가서 한번 서 보는 부동의 중심, 변하는 세상의, 변하지 않는 정적靜寂의 중심이다. 고향의 정적은 역동성의 잔해가 아닌 역동성의 진앙震央이다. 내가 오랜 몸풀기와 폐경기를 보내고 나른하게 쉬고 있는 불모의 둥지, 어머니 묻힌 고향 선산을 세계의 중심, 우주의 중심이라고 하는 까닭이 여기에 있다.

일리노이주에 있너더

생각난다. 그날이 생각난다. 흑백 화면에는 비가 내린다. 마이클 트레비스. 그는 나를 잊었을 테지만 나는 그를 잊을 수 없다. 1965년(벌써 36년이나 되었구나!) 당시 나는 대구 경북중학생이었다. 마이클은 한국에 들어와 영어를 가르치던 평화봉사단원이었다. 우리보다 나이가 대여섯 살 많았던 것 같다. 마이클을 끼고 도는 아이들은 대부분 유복한 집 자제들이었다. 나는 주변을 맴돌았다. 그 당시 영어를 가장 잘하던 아이는, 지금은 경제평론가로 유명한 전성철 군(세종대 부총장이 되었다던가?)이었다. 나는 마이클 트레비스와 전성철 군 사이를 따고 들어가지 못했다. 외국어라는 것이 참 묘하다. 나보다 더 잘하는 내국인이 옆에 있으면 입이 잘 안 떨어진다.

고등학교에 진학했지만, 이게 아니다, 싶어서 곧 빈들로 나섰다. 한동안 방황했다. 하지만 돈 떨어지면 하고 싶어도 제대로 안 되는 게 방황이다. 형님이 일한 적이 있는 제분 회사(미국 밀 들여다 빻아서 밀가루로 만드는 공장)에 들어가 반년 정도 일했다. 빈들이 겨우 이거냐, 하면서 밀가루 뒤집어쓰고 일했다.

제분 회사 사장 저택은 공장 안에 있었다. 저택 앞에는 영국제 자동차인 구형 랜드로버가 서 있었다. 나보다 한 학년 밑인, 사장의 막내아들이 고등학교에 들어갔는데 그게 공교롭게도 경북고등학교였다. 마이클 트레비스가 그 집으로 거처를 옮겼다. 사장은 마이클에게 숙식을 제공함으로써 사실상 아들의 독선생(가정교사)으로 들어앉힌 것이다. 사장의 막내아들과 마이클이 랜드로버로 등교하는 일이 자주 있었다. 랜드로버를 세계 최고의 자동차라고 생각하는 버릇은 그때 들었다. 랜드로버는 지금도 나의 '드림 카Dream Car'다. 나는 하얀 밀가루를 뒤집어쓴 채, 연하의 친구와 미국인 가정교사가 랜드로버를 타고 학교에서 돌아오는 광경을 자주 구경했다. 내 후배는 나를 깍듯이 '형'이라고 불렀다. 퍽 비참한 세월이었다. 어느 일요일(제분 공장은 일요일도 쉬지 않았다) 밀가루를 하얗게 뒤집어쓴 내가 마이클을 독대했다. 둘이서 밀가루 부대에 걸터앉아 한동안 이야기를 나누었다. 그는 제분 회사 다니는 '불우청소년'의 영어 실력으로는 믿어지지 않는다고 했다. 그럴 것이다. 당시까지 내가 영어로 읽은 책은 마이클이 영어로 읽은 책보다 많았으면 많았지 적지는 않을 것이다. 이것은 나의 '병적인 우월감'이다. 하지만 그에게 나는 불우청소년이었다. 이것은 나의 '병적인 열등감'이다. 마이클은 내가 한 해 전에 경북중학생이었던 것을 전혀 기억하지 못했다. 그는 나에게, 너는 아무래도 영어를 껴안고 한평생을 살아갈 것 같다고 예언자처럼 말했다.

1998년 고은 시인이 하버드 대학에 머물고 있어서 보스턴으로 자동차를 몰았다. 선생의 통역을 맡은 하버드의 데이비드 매켄 교수와 한동안 영어로 이야기를 나누었다. 그가 불쑥 한국말로, 그것도 안동 사투리로 내게 물었다.

"경상도 분이십니꺼?"

아니, 경상도 북부 사투리를 어떻게 그렇게 잘하십니까, 하고 내가 물었다. 대학 시절 평화봉사단원으로 안동에서 3년을 보냈다고 했다. 마이클 트레비스를 아느냐고 물었다. 그가 대답했다.

"일리노이주에서 교수질하고 있습니더. 전화 한번 걸어보시소."

내가 살던 곳에서 자동차로 세 시간 거리였다. 전화는 걸지 않았다.

꿈에 본 신발

어떤 집에 와 있었다. 내 집이 분명 아니었다. 그런데 그 집 현관에 내 신발이 있었다. 내가 신고 간 신발이 아니었다. 상표 이름 '덱스터'…… 내가 가장 편하게 생각하는 신발. 미국, 일본, 그리스, 터키, 이탈리아, 프랑스, 영국, 이집트를 나와 동행했던 신발이었다. 시골 흙도 묻고, 도시 먼지도 묻은 신발이었다. 하도 편해서 신고 있다는 것을 잊은 적이 많았다. 그 신발 두 짝이 그 집 현관에 있었다. 내 신발이, 있어서는 안 될 곳에 있었다. 여기 있어서는 안 되는데, 여기 있어서는 안 되는데, 하다가 잠을 깨었다. 꿈이었다. 꿈에 본 내 신발이었다. 잠을 깬 직후 현관으로 나가보았다. 꿈에, 남의 집 현관에서 보았던 신발이 내

집 현관에 놓여 있었다. 있어야 할 자리에 놓여 있었다.

누구에게나 그렇듯이 나에게도 여러 켤레의 신발이 있다. 발이 너무 커서 나라 안에서는 신발 사기가 어려웠다. 그래서 내 발에 맞는 신발이 있으면 사두는 버릇이 붙었다. 지금이야 발 큰 아이들이 많아 그런 일이 없지만 2, 30년 전에는 그랬다. 나에게는 2, 300달러 나가는 고급 구두도 여러 켤레 있다. 하지만 내가 가장 편하게 생각하는 신발은, 이탈리아 모델을 흉내내어 만든 중국제 덱스터, 4년 전 미국에서 11달러(2500원) 주고 산 구두다. 우리나라에서 만드는 랜드로버 구두와 흡사하다. 비싼 신발, 내가 아껴가면서 신는 신발 다 두고 왜 덱스터가 내 꿈에 나타났을까…….

나에게는 꿈을 메모하는 버릇이 있다. 나는 내 꿈을 분석한다. 꿈꾼 직후에 분석하기도 하고 세월이 좀 지난 뒤에 분석하기도 한다.

지난해 그리스와 로마신화 이야기를 쓰면서 나는 '잃어버린 신발을 찾아서'를 첫 장의 제목으로 달았다. 신화에는 신발 이야기가 많이 나온다. 황금 양털을 찾은 것으로 유명한 영웅 이아손의 별명은 '모노산달로스', 즉 '외짝 신발 사나이'다. 영웅 테세우스는 아버지가 숨겨놓은 신발을 찾아들고 아버지를 찾아간다. 달마대사가 중국에서 육신을 벗고 고향 향지국으로 갈 때 가져간 것도 외짝 신발이었다. 달마대사가 떠난 자리에 남은 것도 외짝 신발이었다. 신데렐라가 왕자의 아내가 될 수 있었던 것은 외짝 신발 덕분이었다. 콩쥐가 원님의 아내가 될 수 있었던 것도 외짝 신발 덕분이었다. 신발, 혹은 외짝 신발은 내가 오래 들고 있던 화두였다. 신발이란 무엇인가?

나는 내 집의 이분화=分化를 예감했다. 누군가가 떠나겠구나, 길이 들어 내 발에 꼭 맞는 신발처럼 버릇 들어 내 몸에 맞는 삶에 변화가 오겠구나, 하고 나는 본 듯이 예감했다. 하지만 그것은 불길한 예감이 아니었다. 예감은 적중했다. 꿈을 꾼 지 한 달이 못 되어 과천 내 집 옆에 있던 내 작업실을 경기도와 강원도의 접경으로 옮겨야 하는, 즐거운 일이 발생했다. 오래지 않아 아들은 입영 영장을 받고 입대하는 일이 생겼다. 이어서 딸의 편입 허가서가 미국의 여러 대학에서 날아들었다. 아들딸이 떠나고 나면, 내가 20년 전에 마련한 과천의 아파트는 가지고 있어야 할 이유가 없다. 하지만 나는 집 처분할 결심을 미루었다. 아들이 아무래도 그 집을 쓰겠구나 싶어서 기다렸다. 입대한 아들이 며칠 전, 과천에서는 20분 거리인 용산의 미군기지로 배치되었다. 아들은 주말이면 과천 집을 들락거릴 것이다. 더

없이 편한 내 덱스터 신발 같은 그 집을 우리는 한동안 더 들락거릴 것이다. 이분화는 이루어졌다.

나는 날마다 내 몸과 마음이 보내는 메시지에 귀를 기울인다.

로터리에서

"가기 싫은데? 최연장자로 앉아 있어야 하는 자리, 싫은데?"

소설가 윤후명이 나에게 한 말이다. 한 문학상 시상식 뒤풀이에 함께 가자는 나의 요구에 대한 그의 반응이었다. 나는 소스라치게 놀랐다. '소스라치게'까지 놀란 데는 까닭이 있다. 윤후명은 나보다 한 살이 많다. 나보다 겨우 한 살 많은 사람이 의식하는 '최연장자' 의식, 나는 해본 적이 거의 없기 때문이다. 그의 말을 듣고 나서야, 그래서 그랬구나, 싶었다.

문학상에는 나이 지긋한 사람이 받는 문학상이 있고 신예가받는 문학상이 있다. '동인문학상'이나 '대산문학상'은 수상자의 나이가 지긋한 경우가 대부분이고 '김수영 문학상'이나 '오늘의 작가상'은 젊은 축에 돌아가는 확률이 매우 높다. 주최측과 인연이 있어서 받는 축이나 축하해주는 축이나 나와 한 세대 가까이 벌어지는 그런 문학상 시상식에 3년 내리 개근한 일이 있다. 윤후명의 말을 듣고서야, 곰곰 헤아려보고 나서야, 내가 여러 차례 최연장자 노릇 해온 것을 알았다. 뒤풀이 자리의 최연장자에게는 '한 말씀'의 차례가 오게 마련이다. 여러 차례 했다.

여럿 모여 먹고 마시는 경우 연장자가 지갑을 여는 것은 우리 먹거리판의 미풍양속이다. 연장자의 지갑이 두껍지 못하면 그 아랫사람이 열면 된다. 하지만 시상식 따위의, 행사 뒤풀이에서는 그런 일도 없다. 흥겹게 마셔줄수록 주최측 얼굴에 화색이 도는 게 바로 그런 자리다. 제일 먼저 날아오는 술잔도 여러 번 받았다. 연장자는 좋은 것이여!

문제는 그 뒤부터다. 2차로 노래방 가는 것은 20세기 끝자락에 이어 21세기에도 줄기차게 이어질 듯한 또 하나의 우리 미풍양속이다. 노래라면 나도 자신 있다. 오죽했으면 내 별명이 '틈노'였을까? '틈만 나면 노래 부르는 자'라는 뜻이다. 가까운 두 친구의 별명은 각각 '틈잠'과 '틈먹'이었다. 나는, 틈만 나면 자는 친구, 틈만 나면 먹는 친구 틈에서 틈만 나면 노래를 부르면서 2, 3, 40대를 건너왔다. 노래방, 너 잘 만났다!

하지만 노래방부터 나는 재미없어진다. 내가 부르는 노래에 귀 기울여주는 젊은 축이 거의 없다. 나 역시 젊은 노래에는 감동을 느끼지 못하니 돈 들여가면서 부르는 노래가 너나없이 '본전치기'다.

밤늦게 집으로 돌아오면 아내의 지청구가 기다린다. 젊은 사람들 노는 자리, 얼른얼른 좀 일어서지 않고…… 내게도 할 말이 있다. 나도 젊은 사람이다, 젊은 사람 따로 있냐?

자동차를 몰고, '로터리'라고도 불리는 환상 교차로를 돌아본 사람들은 알 것이다. 로터리의 주행은, 환상 차로에 들어선 차량에게 우선권이 있다. 따라서 환상 교차로에 진입하는 차량은 환상 차로를 달리고 있는 차량에게 우선권을 양보해야 한다. 교통량이 많은 시각에 환상 교차로의 진입로 앞에 서는 차량이, 우선권을 가지고 도는 차량들 사이로 껴들자면 차례를 기다려야 한다. 그렇게 기다리다 일단 진입에 성공하면 바로 그 순간에 우선권을 획득한다. 어렵게 진입해서 우선권을 확보하고 환상 차로를 돌면서 진입로에서 기다리는 차량을 보면 어깨가 우쭐해진다. 하지만 우리가 우선권을 확보한 채로 환상 교차로를 도는 시간은 얼마나 짧은가?

굳은살 이야기

굳은살을 내 고향 경상도에서는 '구덕살'이라고 부른다. 젖어 있던 물건이 반쯤 마른 상태를 나타내는 말에 '구덕구덕하다' 가 있다. '구덕살'을 만져보면 정말 '구덕구덕하다'. '굳은살' 은 형용사로 쓸 수 없지만 내 고향 사투리 '구덕살'은 형용사로 도 쓸 수 있으니 표준말보다 윗길 아닌가? 하지만 표준말을 쓰 겠다. 열 살 되기까지 농촌에 살면서 어머니를 거들었지만 손 발에 굳은살이 박였던 기억은 없다. 살갗이 부드럽고 연해서 그랬거나 굳은살 박일 만큼 힘들여서 일을 하지 않아서 그랬을 것이다.

군에 입대하면서 굳은살을 알았다. 60년대의 소총은 무거웠다. 훈련병 시절부터 무겁디무거운 엠원 M1 소총을, 세운 채로 들어 올리고 내리기를 무수히 되풀이했다. 오른쪽 엄지손가락 첫마디 오른쪽에 굳은살이 박였다. 그 시절 행군은 얼마나 무지막지했던가? 발과 양말의 마찰을 줄여 물집이 잡히지 않도록 하느라고 양말 속에 비누가루를 넣고 걸었다. 미끄러워서 물집이 덜 잡히기는 했다. 하지만 무수히 물을 건너면서 며칠 행군하다 보면 발바닥이 붙기와 마르기를 되풀이하다가 가죽이 아예 붕 떠버리는 경우가 허다했다. 밤이면 모닥불에다 발을 구웠다. 화상 입을 때쯤 되어야 가죽이 발바닥에 다시 붙었다. 이러기를 되풀이하면 발바닥 전체가 굳은살이 된다. 제대한 뒤, 몇 달 동안이나 칼로 깎아내고 돌로 갈아내어야 했다.

제대하고 나서부터 글을 썼다. 1973년부터 15년간 나는 15만 장 가까운 200자 원고지를 글로 메웠던 것 같다. 1988년 무렵까지 내 오른손의 가운뎃손가락 첫마디에는 굳은살이 박여 있었다. 만년필이 되었든 볼펜이 되었든, 필기구를 잡고 글을 쓰면 그 자리에 힘이 가장 많이 실리기 때문이다. 우리들에게 오른손 가운뎃손가락의 굳은살은 훈장과 같은 것이었다. 글 쓰는 이들끼리 만나면 손가락의 굳은살을 서로 견주고는 했다. 서울 올림픽을 전후해서 필기구를 워드프로세서로 바꾸었다. 굳은살이여, 안녕.

1998년 여름과 가을에 걸쳐 그리스, 이탈리아, 프랑스, 영국을 여행했다. 그리스 땅을 때로는 자동차로 때로는 발로 누볐다. 로마는 걸어 다니면서도 유적지를 거의 다 볼 수 있는 도시다. 발로 누볐다. 파리에서도 걷고 또 걸었다. 무수히 걸었다. 길고 오랜 여행에서 돌아온 가을, 굳은살을 칼로 깎아냈다. 손가락굳은살이 발굳은살로 바뀌었을 뿐, '굳은살이여, 안녕'은 아니었다.

2001년 봄. 여남은 살 어름에 잡던 농기구를 근 40년 만에 다시 잡았다. 어머니 대지와의 재회는 내 어머니와의 재회이기도 했다. 잊고 있던 잡초 이름들이 고스란히 다시 생각났다. 손가락 구석구석에 물집이 잡혀 일하다 말고 일회용 반창고 붙이는 일이 잦았다. 석양 무렵이면 내 집 뜰에서 마을 어른들과 술을 마시고는 했다. 5학년 5반 학생인 나와 함께 마시는 분들은 자타가 인정하는 6학년 6반 학생들이다. 그중 한 분으로부터 들은 말 한마디. 내가 세상 살면서 들은 말 중에서 가장 아름다운 말 한마디. 내 정신의, 오래되고 또 오래된 희망 사항.

"……연장마다 물집 잡히는 데가 다 달라요."

3

신화의 강, 문학의 강

화살이 과녁에 맞지 않으면

1995년, 미국 캘리포니아주 북부에 있는 세쿼이아국립공원을 자동차로 여행하다 산불을 만났다. 세쿼이아 숲으로 자동차를 몰고 들어가는데 문득 연기가 자옥하게 피어올라서 산불이 난 것임에 분명하다고 생각하고 자동차를 돌리려고 했다. 그런데 안내표지가 있었다. 공원 관리공단이 부러 불을 지르고 통제하는 산불이니만치 놀랄 것도 없고 신고할 것도 없다는 내용이었다. 그런데 산불 내는 이유가 걸작이었다. 거대한 나무 세쿼이아는 정기적으로 산불이 나지 않으면 번식이 불가능한 나무라는 것인데, 그 이유는 이렇다.

세쿼이아는 높이가 자그마치 100미터, 지름이 12미터나 되는 나무다. '아름'은 이 나무의 크기를 재는 단위로는 적절하지 않다. 둘레가 37미터에 육박하니까 이 나무를 감싸 안으려면 실장정 22명이 둘러서야 한다는 계산이 나온다. 나무의 나이도 놀랍다. 개중에는 수령이 무려 3200세가 되는 세쿼이아가 있다니까 역사 연표 들여다보는 일이 새삼스러워진다. 나이테가 보이도록 잘라놓은, 죽은 세쿼이아 단면이 있어서 가만히 들여다보았더니, 예수님 태어나신 해의 나이테가 한중간에 있었다. 우리가 태어난 1940년대는 언감생심…… 세쿼이아의 주변 문화에 불과했다.

덩치가 이렇게 커도 솔방울은 조금 더 투박할 뿐, 여느 침엽수 솔방울과 다름이 없고 씨앗의 무게는 겨우 0.05그램에 지나지 않는다. 이 씨앗이 발아하려면 대지와 접촉해야 하는데 이렇게 작고 가벼운 데다 낙엽층 때문에 땅과 접촉할 방법이 없을뿐더러, 요행히 발아한다고 하더라도 햇빛을 볼 수 없어서 자랄 수가 없다. 그런데 자연발화로 인해 정기적으로 산불이 난다. 그러면 세쿼이아 씨앗은 세 가지 혜택을 누린다. 낙엽이 타는 덕분에 두꺼운 솔방울 속에 있던 씨앗은 대지와 접촉할 수 있게 되고, 낙엽이 사라진 덕분에 햇빛을 볼 수 있게 되며, 산불에 탄 낙엽의 재가 훌륭한 거름이 되어주는 것이다. 그래서 공원 관리공단은 부러 산불을 낸다는 것이다. 산불에 힘입어 싹을 틔우기만 하면 1년에 약 30센티미터씩 자라 100년 뒤에는 약 30미터에 이른다고 하니, '시작은 미약하나 끝은 실로 창대한' 것이다. 세쿼이아를 보고 있으려니, 참으로 큰 것은 이렇게 크는 것이구나, 싶었다.

돌아오는 길에는 와이오밍주, 몬태나주, 아이다호주의 접경에 있는 세계 최초의 국립공원 '옐로스톤'에 들렀다. 간헐 온천에서 나온 유황 성분 때문에 누런색 바위가 많은 이 공원을, 한국인 유학생들은 '황석공원黃石公園'이라 부른다. 이 공원에서도 산불이 화제였다.

1985년, 이 공원에 산불이 났다. 연인원 10만여 명의 소방수들이 동원되었지만 우리나라 면적의 10분의 1이나 되는 이 공원 산불을 진화하기에는 역부족이었다. 결국 자연 발생한 이 산불은 때맞추어 내린 소나기로 진화되었다. 재미있는 것은 공원 관리소가 산불 피해 지역을 인위적으로 복구하지 않았다는 점이다. 내가 돌아보았을 때까지도 10여 년 전의 산불 피해 지역은 그때까지도 방치되어 있었다. 불탄 나무 중에는 썩어서 내려앉은 것도 있고 그대로 서 있는 것도 있었다. 공원 관리 직원들과 생태학자들은 산불 덕분에, 멸종된 것으로 확인된 식물이 다시 모습을 나타내었다는 반가운 소식을 전해주었다. 그것은 인류가 다른 것으로는 거둘 수 없는 실로 소중한 수확이라고 했다.

경제위기는 국가에게든 개인에게든 이 산불 같은 고난이라고 나는 생각한다. 화살이 과녁에 맞지 않으면 겨냥하는 자세를 살피듯이, 고난을 당하면 사람은 바탕자리를 내려다본다. 고난이 사람을 키우는 이치가 이 같다고 나는 믿는다.

오늘은 여생의 첫날

항공기는 9월 18일 오후 3시 30분 서울에서 이륙한다. 도쿄를 경유해서 서북항공로를 통해 북미대륙을 향한다. 이때부터 재미있는 경험이 시작되고는 해서 한국 시각에 맞추어진 시계를 일삼아 보아가면서 항공기 바깥에서 벌어지고 있는 일들을 메모해본다.

오후 5시 25분 전후가 되면 하늘이 붉어지기 시작하면서 해가 서쪽으로 떨어질 거조를 차린다. 그러다 오후 6시 30분이 되면 해가 떨어지고 어둠이 깃들인다. 밤의 길이는 네 시간밖에 되지 않는다. 오후 10시 30분에는 먼동이 튼다. 항공기가 캄차카반도에 접근할 무렵이다. 오후 11시 10분, 만년설을 이고 있는 알래스카의 매킨리산맥이 보이기 시작한다.

항공기의 고도는 4만 피트, 그러니까 약 1만 3000미터 상공을 날고 있다. 기온은, 지상에서 100미터씩 올라갈 때마다 약 0.7도씩 낮아진다. 따라서 1만 3000미터 상공의 기온은 지상에 견주어 약 91도가 낮다. 만일에 지상의 기온이 섭씨 30도라면, 1만 3000미터 상공의 기온은 영하 61도가 된다는 계산이 나온다. 제트엔진에서 나오는 배기가스에는 수증기가 섞여 있다. 이 온도에서 수증기는 대기와 접촉하는 순간 빠른 속도로 하얗게 얼어버린다. 그래서 항공기의 제트엔진이 하얀 항적운 航跡雲을 분출하는 것처럼 보인다.

눈 아래로 하얀 삿갓조개 같은 매킨리산맥의 연봉이 내려다보인다. 시간이 지남에 따라 삿갓조개의 동쪽 사면이 시시각각으로 밝아진다. 눈부시다. 세상에…… 오후 11시 25분에 해가 뜬다. 삿갓조개 동쪽 사면의 양지와 서쪽 사면의 음지가 확연해진다. 하늘은 얼음덩어리가 뜬 스카치위스키 빛깔이다. 동쪽 사면의 눈은 녹고 없다. 서쪽 사면은 눈으로 덮여 있다. 동쪽 사면의 기온차는 서쪽 사면보다 커서 조산 작용造山作用이 활발하다. 이제 왜 모든 산들이 동쪽을 보고 서 있는지 알겠다.

그로부터 네 시간 뒤인 오전 3시 30분, 항공기는 미국의 자동차 공업도시 디트로이트에 착륙한다. 현지 시각은, 떠날 때의 한국 시간과 같은, 같은 날 오후 3시 30분이다.

문제는, 왜 오후 6시 30분에 해가 떨어지고, 11시 25분에 해가 뜨는가, 하는 것이다. 밤의 길이가 왜 겨우 네 시간밖에 되지 않는가, 하는 것이다. 근 열한 시간을 날아왔는데 현지 시각은 어째서 같은 날 같은 시각일 수 있느냐 하는 것이다. 이렇게 해괴한 일은 어째서 일어나는 것인가?

한국 시간으로 보아서 그럴 뿐이다. 캄차카든 북태평양이든 알래스카든 해 뜨는 시각, 해 지는 시각은 우리와 비슷하다. 시간을 현지 시각에 맞추지 않고 한국 시간 그대로 두었기 때문에 이런 해괴한 일이 벌어진 것이다.

북미대륙에는 7개의 시간대가 있다. 가장 동쪽에 있는 뉴펀들랜드 시간대와 가장 서쪽에 있는 알래스카 시간대의 시간차는 무려 여섯 시간 반이나 된다. 뉴욕은 동부 시간대, LA는 태평양 시간대에 든다. 이 두 도시의 시간차는 세 시간이다. 그러니까 뉴욕 사람들이 자정을 넘기는 시각이, LA 사람들에게는 저녁상을 물린 시각이 된다. 비행기를 세 번이나 갈아타면서 미국의 동부에서 서부로 여행하는 날, 국내선 여객기에서 아침밥을 세 번씩이나 얻어먹은 희한한 경험이 내게 있다. 자동차 몰고 서부로 여행하면서 시계의 시각을 세 번씩이나 바꾼 경험도 내게는 있다. 항공기가 태양을 죽자고 쫓아갔기 때문이다.

시골 갈 때마다 놀라는 것이 하나 있다. 넓은 세상의 존재를 인정하지 않으려 하는 시골 사람들의 태도다. 모르는 세계는 존재하지 않는다고 믿는 그들의 태도다. 일찍이 장자가 '우물 안 개구리 井底蛙'라고 비아냥거리던 태도가 바로 이것이다. 어째서 사람들은 자기 인식의 지평 넘기를 한사코 거절하는지. 어째서 이녁의 시간에 맞추어진 시계를 차고는 남의 시각을 해괴하다고만 하는지…… 바야흐로 지구적으로 사고하고^{think globally} 지역적으로 행동해야 하는^{act locally} 시대다. 이제 그렇게 살아야 한다.

이코노스타시온

운전경력이 많지 않은 친구 자동차를 처음으로 얻어타고 부산으로 내려가던 날에야, 나는 친구의 운전 습관이 고약하다는 걸 알았다. 그는 비어 있는 차선을 그냥 보아 넘기는 법이 없었다. 긴히 들어갈 필요가 있는 것이 아닌데도 그는 옆 차선이 비면 기어이 그쪽으로 껴들고는 했다. 내가 나무랄라치면 그는, 주행선과 추월선 넘나들기는 합법적이라고 주장하고는 했다.

대구 근방이었던 것으로 기억한다. 전방에 사고가 있었던지 주행속도가 갑자기 뚝 떨어졌다. 우리는 2차선에 갇혀 있었다. 1차선은 상대적으로 비어 보였다. 내 친구는 금방이라도 핸들을 왼쪽으로 꺾을 거조를 차렸다. 나는 1킬로미터가량 전방에

있는 광고탑과 비어 있는 1차선을 질주하여 우리 옆을 스치는
승합차를 번갈아 가리키면서 그에게 물었다.

"조금 전의 그 승합차, 2차선에서 튀어나가 1차선으로 들어
갔을 테지?"

"그럴 테지. 우리도……."

"자네는 우리와 저 승합차 중 어느 편이 광고탑까지 빨리 이
를 것 같나?"

"그야, 저 승합차일 테지. 우리도 1차선으로 들어가자."

"잠깐…… 내기하자. 나는 저 승합차는 우리보다 일찍 광고
탑에 이르지 못할 수도 있다고 본다. 나는 우리가 먼저 이를 수
도 있을 것으로 본다."

"설마…… 그래, 내기하자."

우리는 2차선에서 기다렸다. 비교적 한가한 1차선으로 자동
차들이 빠른 속도로 지나갔다. 그러나 1차선 역시 자동차로 차
기까지는 오래 걸리지 않았다. 우리는 광고탑을 목전에 두고 1
차선을 달려왔을 그 승합차를 느린 속도로나마 따돌렸다. 내
친구는 내기에서 제가 진 까닭을 납득하지 못했다.

"1차선이 비어 있는 걸 보고, 2차선 자동차들이 그리로 몰려
들었기 때문이다. 우리는 앞차들이 1차선으로 들어가는 덕분

에 속도를 낼 수 있었다. 왕복 4차선 고속도로일 경우, 네 개의 차선을 달리고 있는 자동차 수는 거의 같은 법이다. 왜? 조금이라도 한가해 보이는 차선이 있으면 바보들이 그리로 들어서니까. 우리가 승합차보다 일찍 올 수 있었던 것은 그런 바보들 덕분이다. 내가 자네를 위하여 '이코노스타시온'을 세우는 일은 없었으면 좋겠다."

"이코노…… 뭐? 그게 뭐냐?"

"'이코노스타시온'은 그리스 말로 '성상聖像'이라는 뜻이다. 높이 한두 자 되는, 아주 조그만 교회를 상상하면 된다. 이 교회 안에는 인형만 한 성모마리아 상이 안치되어 있고, 마리아 상 앞에는 올리브기름 등잔이 놓여 있다. 올리브기름 등잔의 불은 꺼지는 법이 없다. 그리스의 도로변에는 이런 이코노스타시온이 무수히 서 있다."

"그걸 왜 도로변에다 세워놓았느냐고?"

"교통사고 사망자들의 유족이 세운 것이다. 1940년대 어느 여름에 그런 풍속이 생겨났다고 하더라. 그리스 전역의 도로에 수십만 개의 이코노스타시온이 서 있다. 이코노스타시온 사이의 간격을 보면 그 길에서의 사고 발생률 높낮이를 알 수 있다. 아코노스타시온이 빽빽하게 서 있는 길은 '사고 많이 나는 길'

이라고 보면 틀림없다. 이것 세우는 풍습이 시작된 뒤로 그리스의 교통사고율이 엄청나게 줄었다는 얘기를 들었다. 이코노스타시온이 세워진 현장은 피의 현장이다. 도로교통법은 피를 마시면서 발달한 법이다. 나는 자네를 위해 이코노스타시온을 세우고 싶지 않다. 무슨 말인지 알겠지?"

그 친구는 내 말 알아듣지 못했던 것임에 분명하다. 혼자 부산에서 서울로 올라오면서 바보들 차선으로 들어가다가 뒤에서 달려오는 자동차에 부딪혀 목숨을 잃은 걸 보면…….

아…… 내 친구 숨을 거둔 바로 그 자리, 바보들 차선 옆에다 이코노스타시온 하나 세우고 싶어라. 새 풍속을 하나 세우고 싶어라.

나무에 귀의할지어다

시인이기도 하고 신문기자이기도 한 배문성 씨로부터 이런 말을 들었다.

"환장하게 화창한 봄날에 이상한 경험을 했어요. 그날 저는 피아노로 연주하는 바흐의 음악을 듣고 있었습니다. 바흐 연주가 중에서도 담담하게 연주하기로 소문난 음악가의 연주였죠. 그날 그 음악을 들으면서 저는『반야심경』을 듣고 있는 그런 기분이었습니다. 음악에 몰입하는 상태…… 저는 자주 경험하지 못합니다만 그날은, 완전히 몰입한 상태다, 뭐 이런 기분이었죠. 그런데 무심결에 마당의 느티나무를 내다보았더니……제 집 뜰에는 느티나무가 세 그루 있습니다. 느티나무라고 하면

모두 고목을 연상하는데, 아닙니다, 제집 뜰에 있는 느티나무는
두어 길밖에 안 되는, 아직은 어린 느티나무입니다. 그 느티나무
의 잔가지가 흔들리는 것이 아니겠어요? 바람에 흔들리는 것이
아니었습니다. 저는 느티나무 잔가지가 분명히 음악에 반응한
다는 인상을 받았습니다. 그럴 수가 있습니까? 식물인 느티나
무가 음악을 듣고 그 가락과 박자에 반응하는 것이 어떻게 가
능하겠습니까? 하지만 저는 분명히 반응한다는 인상을 받았습
니다."

영국의 북부 도시 에든버러에서 실제로 있었던 일이라지.

그 도시 한 공원에다 사람들은 열두 그루의 나무를 심었다.
수종이 무엇이었는가는 기억나지 않는다. 공원에다 심었다니
까 그늘이 좋은 느릅나무가 아니었을까 싶다. 느릅나무라고 하
자. 시민들은 느릅나무 열두 그루에 이름을 붙여주었다. 무슨
이름을 붙여주었는가 하면 그리스도의 열두 제자 이름을 붙여
주었다. 베드로 나무, 요한 나무, 마태오 나무, 마르코 나무, 루
가 나무…… 이렇게 붙였으니 유다 나무 또한 없었을 리 없다.
나무는 차별 대우를 받지 않고 무럭무럭 자라났다. 마침내 열
두 그루의 나무들이 그늘을 지어낼 수 있을 만큼 자라났다. 그

냥 그늘이 아니라, 돗자리 두어 장 넓이의 그늘을 지어낼 수 있을 만큼 자라났다. 사람들은 열두 그루 느릅나무 그늘을 즐겨 찾았다. 하늘이 열두 그루 나무 중 어느 나무에게는 빛을 더 많이 준다거나 비를 더 많이 내려준다는 식으로 차별 대우를 했을 턱이 없으니, 나무의 크기는 서로 비슷비슷했을 것이다. 하지만 사람은 하늘이 아니어서 한 그루 한 그루의 나무를 차별 대우했다. 그중에서 가장 홀대를 받은 나무는 '유다'라는 이름이 붙은 나무였다. 사람들은 정 쉴 곳이 없으면 더러 찾기는 했지만 유다 나무의 그늘을 좋아하지 않았다. 아이들 중에는 유다 나무를 걷어차면서 욕지거리를 해대는 아이들도 있었다. 믿음이 깊은 사람일수록 차별을 더했다. 물리적으로 유다 나무를 핍박한 사람도 물론 있었다. 그러나 그 물리적인 핍박이 유다 나무에게 치명적이었던 것은 아니다. 그런데도 유다 나무는 몇 해를 버티지 못하고 말라 죽었다.

이런데도 나무에 영혼이 없다고 할 것인가?

바람에 흔들리는 깃발을 보고 스님들이 움직이는 것은 바람이라커니 깃발이라커니 의견이 분분했다. 선불교의 여섯 번째 조사祖師 혜능慧能 스님은, 움직이는 것은 바람도 깃발도 아닌, 그것을 보는 사람의 마음이라고 했다. 혜능 스님의 깊은 뜻 다 알수 있을까만 나는 우리 마음이 인식하기 시작하는 순간 바람도 존재하고 깃발도 존재하기 시작하는 것이라고 생각한다. 참으로 소중한 것은 깃발도 바람도 아닌, 사람의 마음이다. 혜능 스님이 우리에게 이런 메시지를 전하려 했던 것이라고 생각한다.

나는 나무에게도 영혼이 있다고 믿는다. 인지하고 인식하는 차원이, 우리가 상상하는 것보다 훨씬 깊고 그윽한 영혼이 있다고 믿는다. 100년도 못 되는 세월을 사는 인간이 수백 년, 수천 년 이 땅에 사는 나무에게 얼마나 무례한가.

나는 배문성 시인의 집 뜨락의 느티나무가 정말로 음악에 반응했다고 믿는다. 느티나무 가지가 음악에 반응하는 순간을 보아낸 시인의 눈은 얼마나 밝은가? 시인이, 느티나무 가지가 음악에 반응한다고 생각하는 순간부터 느티나무는 정말로 음악에 반응하기 시작한다. 보지 못하는 사람에게 그런 현상은 존재하지 않는다.

나무관세음. 관세음보살께로 돌아가서 의지할지어다…… 이런 뜻의 기원문이다. 나는 사람의 영혼은 장차 나무에 귀의하는 것이 아닐까 하는 생각을 자주 한다. 그래서 나는 이렇게 기도한다.

　나무수령 南無樹靈…….

　나무의 혼으로 돌아가 나무의 혼에 의지할지어다…….

하마드리아데스

'하마드리아스'를 아세요? '하마hama'는 '함께한다'는 뜻, '드루스drus'는 나무, 그중에서도 특히 참나무를 지칭하는 고대 그리스 말이랍니다. '나무'를 뜻하는 영어 '트리tree'의 원조元祖가 바로 이 '드루스'인 것이지요. 하마드리아스Hamadryas는 '나무와 함께 하는 이'라는 뜻입니다. 그러니까 그리스신화에 등장하는 '나무의 요정'인 것이지요.

하마드리아스를 모르신다고요? 하지만 '에우리디케'를 모르시지는 않겠지요? 신화시대 가인歌人 오르페우스의 아내지요. 오르페우스와 에우리디케는 부부지간이지만 행복을 아주

158

조금밖에는 누리지 못한 슬픈 부부입니다. 신혼의 단꿈이 무르익기도 전에 신부 에우리디케가 뱀에게 발뒤꿈치를 물려 저승으로 내려가버리기 때문입니다. 오르페우스는 아내를 만나기 위해 살아 있는 인간의 몸으로 저승으로 내려가지요. 그게 어떻게 가능하냐고 묻지는 마세요. 신화시대의 절창絶唱, 희대의 가인, 꿈으로 사는 시인이었다니까요? 그런 시인에게 그런 것쯤은 얼마든지 가능하지요. 오르페우스의 노래에는 저승 왕 하데스도 두 손을 들고 말지요. 저승 왕 하데스는 오르페우스에게 이렇게 말하지요.

"너의 아름다운 노래, 너의 지극 정성에 내가 두 손 들었다. 그러니까 네 아내를 데리고 땅으로 올라가거라. 하지만 한 가지 조건이 있다. 날빛이 비치는 땅으로 다 올라서기까지 네 아내를 돌아보아서는 안 된다."

오르페우스는 하데스가 내건 이 금기를 지킬 수 있을까요? 물론 지키지 못하지요. 오르페우스는 아내 모습이 너무 그리워서, 그리워 견딜 수 없어서, 날빛 비치는 땅에 다 올라서기도 전에 아내를 돌아다보지요. 너무 보고 싶어서 담배씨만큼만이라도 보려고 했어요. 아뿔싸, 에우리디케는 죽음의 신 타나토스에게 붙잡혀 저승으로 되돌아가고 맙니다. 슬픈 얘기지요.

이 에우리디케가 바로 '하마드리아스', 나무와 함께하는 요정이었어요. 하마드리아스는 나무에 깃들여 있다가 나무가 죽으면 함께 죽습니다. 그러니까 바로 나무 그 자체인 것이지요. 세상에 100억 그루의 나무가 있다면 100억의 하마드리아스가 있습니다. 에우리디케는 그러니까, 한번 죽어버리면, 산천초목도 울렸다는 저 희대의 가객, 신화시대의 절창 오르페우스도 마침내 살려내지 못하는, 하마드리아스였지요. '하마드리아스'는 단수랍니다. 복수로 하면 '하마드리아데스Hamadryades'가 되지요.

혹시 에리시크톤이라는 신화시대 사람을 아세요? 땅의 여신 데메테르의 성수聖樹인 거대한 참나무를 욕보였다가 아귀병餓鬼病에 걸렸던 자의 이름입니다. 아귀병에 걸린 이 인간은 재산이라는 재산은 다 먹는 것으로 탕진하고 마침내 제 몸까지 뜯어먹고 죽은 인간입니다. 에리시크톤이 죽은 자리에는 치아만 한 틀 남아 있었다지요. 참나무를 욕보인 저 못된 인간 에리시크톤을 누가 기소起訴했던가요? 하마드리아데스, 나무와 함께하는 나무의 요정들이 통성기도痛聲祈禱로써 기소했어요.

2년 전에 전라도의 한 대찰을 다녀왔어요. 절 초입에 건축물 부지 확장공사가 한창이라서 트럭이 흙을 실어와 계곡으로 쏟 아부었는데요. 계곡의 무수한 대나무가 비틀리고 찢기면서 생 매장을 당하고 있더라고요. 대나무의 하마드리아스들이 하도 내 꿈자리를 어지럽혀서 나는, 절이여, 스님들이여, 대나무를 베어내기는 해야 나무에 대한 예의 아닌가? 먼저 대나무를 베 어내라. 흙을 쏟아부어야 한다면 그런 다음에 흙을 쏟아붓게 하라. 시주 밥값은 그렇게 하는 것이다. 이렇게 쏘듯이 쓴 적이 있어요. 나무는 그냥 나무가 아니에요. 오르페우스가 애간장을 끓이면서 부른 저 하마드리아스 에우리디케의 슬픈 이름, 한번 훼손되면 다시는 돌이킬 수 없는 에우리디케의 아름다운 육신 이에요.

과천 환경운동연합은 해마다 4월이면 '귀룽나무 꽃 피운 것 을 축하하는 잔치', 귀룽제를 연답니다. 나는 그 자리에서 나무 를 사랑하는 분들에게 '하마드리아데스'의 원탁회의를 제안했 어요. 숲을 피가 통하는 하마드리아데스로 보자는 것이지요.

한 그루 한 그루의 나무를, 우리 아들 같고 딸 같은 하마드리아스로 보자는 것이지요. 함부로 자르고 함부로 쥐어뜯지 말자는 것이지요. 그런데 왜 하필이면 우리말 놔두고 옛 그리스 말을 쓰느냐고요? 일단 폼 나잖아요? 그리고 이름을 이렇게 지어놓아야 온 세계 사람들이 같은 이름의 '하마드리아데스 원탁 회의장'으로 모여들 게 아닌가요? 하마드리아데스, 하마드리아데스, 하면서요.

아세요, 나무가 기도한다는 거?

신화, 그 영원한 생명의 노래

바그완 라즈니쉬가 불경 『반야심경般若心經』을 풀어서 쉽게 펴낸,
이름이 같은 책 『반야심경』은 다음과 같은 말로 시작된다.

 "여러분 안에 깃들여 있는 부처님께 문안 드립니다."

 우리 안에 부처님이 깃들여 계시다니? 실제, 불경으로서의
『반야심경』은 '관자재보살 행심반야바라밀다시觀自在菩薩行深般若波羅
蜜多時', 풀자면 '관자재보살께서 지혜의 완성을 실천하실 때', 이
런 말로 시작된다. '관자재보살觀自在菩薩'은 관세음보살을 뜻한
다. 하지만 '관자재' 자체는 '중생을 보는 것을 자재로 하시는
분' ' 안에 있는 것을 보시는 분'이라는 뜻이다.

 라즈니쉬의 생각에 따르면 우리 안에는 부처가 있다. 우리

가 감히 꿈꾸지 못할 뿐, 의식하지 못할 뿐, 우리 안에는 부처가 분명히 있다는 것이다. 그러니까 공부한다는 것은, 깨닫는다는 것은 그 부처의 잠을 깨우는 일이라는 것이다. 우리의 민족종교 천도교는 '사람이 곧 한울人乃天'이라는 믿음을 섬긴다. 천도교는, 사람이 한울을 믿어, 이 둘이 하나인 경지에 이르는 일을 궁극적인 목표로 삼는다. 사람이 한울과 하나 되는 것은, 사람 안에 한울의 씨가 없고는 도무지 가능하지 않은 일이다.

나는 신화神話에 대해서 비슷한 생각을 하고 있다. 나는 우리 안에 신화라는 이름의 강이 흐르고 있다고 믿는다. 그래서 나는 다음과 같은 말로써 신화 이야기를 시작하고는 한다.

"여러분 안에 깃들여 있는 신화에 문안드립니다."

신화란 무엇인가? 거칠게 말하면 '신들 이야기'다. 하지만 신들이 사라진 이 시대에 '신화'라는 말은, 두 가지의 두드러지는 용례를 거느린다. 한 기업이나 개인의 성취를 두고 우리가 흔히 쓰는 '현대 신화' '정주영 신화' 할 때의 '신화'가 그 하나인데, 이때의 '신화'는 신화시대에나 있을 법한, 도무지 범용한 인간들의 모듬살이에서는 일어남직하지 않은 일을 뜻한다. 이 용례에서 '현대'와 '정주영'은 곧 '신화적인 존재'라는 뜻이니

'신화'라는 말의 본뜻에서 멀리 벗어나 있지 않다.

나는 고대 신화의 나라 그리스의 관광 안내 책자에서 '신화'라는 말의 꽤 낯설면서도 우스꽝스러운, 또 하나의 용례를 만났다.

"그리스인들이 친절하다는 소문은 '거짓'이 아니다The Greeks' reputation for hospitality is not a 'myth'."

이 문장에서는 '신화'를 뜻하는 영어 단어 '미스myth'가 '거짓말'이라는 뜻으로 쓰이고 있다. 신화는 그러면, 누군가가 지어낸 거짓말일 수도 있는가? 그럴 수도 있다. 거짓말은 거짓말이되, 되게 원초적인 거짓말일 수도 있다.

조금 더 정교한 사전적 정의를 따르면 신화란 "씨족이나 부족이나 민족의, 신격神格을 갖춘 주동자를 중심으로 펼쳐지는, 역사적 근거는 없으나, 광범위하게 믿어지는 설화" "원시적 인생관이나 세계관으로써 한 씨족이나 부족이나 민족의 역사적·과학적·종교적·문화적 요소에 대한 설명을 시도한 옛이야기"다.

그러니까 신화는 '역사적 근거가 없는데도 불구하고 광범위하게 믿어지는 설화, 혹은 한 모듬살이가 살아온 삶의 배경에 대한 설명을 시도한 옛이야기' '거짓말일 수도 있는 옛이야기'

인 셈이다. 참 이상하지 않은가?

그런데 '거짓말'일 수도 있는 이 신화를 두고 많은 학자들은 '진리'를 말하고 있다. 아일랜드의 신화학자 제러마이아 커틴은, "영혼이 육신과 동행하듯이 진리와 동행하는 것을 신화"라고 주장한다. 러시아의 철학자 니콜라이 베르댜예프에 따르면 종교적인 삶은 신화를 통해서만 인식할 수 있는데, 그 까닭은 신화만이 종교적인 삶을 살아 있는 개인의 격정적인 운명으로 이해하기 때문이다. 분석심리학자 카를 융에 따르면 신화는 무의식적 인식과 의식적 인식 사이에 존재하는 교량이다. 이 교량을 건너다니지 않는 한, 우리의 정신 살림은 절반밖에 이루어지지 못한다. 조지프 캠벨에 따르면, "꿈은 개인의 신화, 신화는 모듬살이의 꿈"이다.

신화의 정의 중 나는 인도인 철학자 아난다 쿠마라스와미의 정의를 좋아한다.

"궁극적인 진리는 언어로 표현될 수 없다不立文字. 그러나 궁극적인 진리를 표현할 수 있는 언어가 있다면, 신화의 언어가 그 언어에 가장 가까이 있다."

신화란, 아주 쉽게 말하면, '세상을 꾸며낸 신들에 관한, 거짓말일 수도 있는 황당한 옛이야기'이다. '황당'이라는 말은, 신화에 대한 사전적인 정의에다 내가 끼워넣은 말이다. 세계 여러 나라의 신화를 읽어보고 내가 내린 결론은 '황당하다', '그런데 그 황당한 것이 진리에 아주 가까울 만큼 매우 의미심장하다'는 것이다. 신화는 왜 황당하게 들릴까? 신화가 황당한 까닭을 나는 두 가지로 설명한다.

어느 민족의 신화가 되었든, 신화는 그 민족이 살고 있는 우주의 발생에 대한 설명을 담고 있다. 이른바 '우주기원론 cosmogony'이라는 것인데, 오늘날 같으면야, 정교하게 발달한 언어로 우주가 발생한 내력을 설명하고 의미의 그물망에 넣어 명쾌하게 체계화하는 것도 가능하겠지만 고대인들에게 그런 언어가 있었을까? 있었다고 하더라도 지금 우리가 쓰는 정치한 언어와는 같을 수가 없었을 터인데 바로 그 때문에 오늘날의 우리에게는 고대의 신화가 다소 황당하게 들리지 않겠는가 싶은 것이다.

이런 뜻에서 나는 신화의 무대를 '약장수판'이라고 부른다. 텔레비전에 나오는 약학자나 식품과학자는 약이 되는 특정 식품의 구성성분이나 효능을 정교한 과학적 언어로써 설명할 수 있다. 이들이 사용하는 언어는 논리적이다. 하지만 저잣거리의 약장수에게는 그런 정교한 언어가 없다. 그는 약의 효능을 논리적으로 설명해서 구경꾼들을 설득할 수 없다. 그래서 원숭이도 데려다 놓고 차력사도 데려다 놓고 가수도 데려다 놓는다. 사람들은 원숭이 곡예도 보고, 차력사의 묘기 시범도 보고, 유행가 가수의 철 지난 노래를 듣다가 그만 약장수에게 정이 들고 만다. 그래서 곡예와 묘기를 보러 갔던 사람들은 엉뚱하게도 약장수와 유행가 가수가 돌리는 약을 사 가지고 돌아온다.

신화의 황당함은 어쩌면 신화 작가의 의도적인 노림수인지도 모른다. 노자님 말씀 중에, "명가명비상명 名可名非常名"이라는, 너무나도 유명한 말씀이 있다. 사물에 이름을 붙일 수는 있지만 그 이름이 그 사물의 본질을 늘 온전하게 전할 수 있는 것은 아니다, 이런 뜻으로 나는 푼다. 말하자면, 이름 지어버리는 순간 그 사물의 본질은 이름에 갇히게 되는 사태에 대한 염려가 담겨 있는 것이 아닐까 싶다. 바로 이런 생각에서 옛날의 현자[*]들은 사물에다 이름 붙이는 행위, 이름으로써 사물을 정의 定義하기를 꺼렸다. 말하자면 사물을 정의하고 해석함으로써 이름을 붙이고, 이름을 붙임으로써 그 넓은 뜻을 비좁은 이름에 가두는 짓을 삼가려 했던 것이다. 노자님의 『도덕경』이 '바퀴살'

로써 까다로운 '용무용^{用無用}'을, '젖먹이 아기'로써 돈후^{敦厚}한 덕을, '작은 생선' 지지는 일로써 큰 정치를 설명한 까닭, 장자님의 『장자』가 '곤^鯤'이라는 동물로써 세상의 크기를, '우물 속의 개구리 ^{井底蛙}'로써 사람의 크기를, '나비의 꿈'으로써 만물의 유전을 설명하는 것은 이 때문이 아닐까 싶다.

부처님은, "그것은 이와 같다."는 말씀 끝에 에피소드를 끌어다 설명하지 않았는가? '독화살 맞은 사람' '가난한 여인의 등불' '누각의 3층만 지으려는 부자' 이야기는 이렇게 해서 탄생한다. 예수님도, "그것은 이와 같다."는 말로 설교를 시작하지 않았는가? 이로써 탄생한 것이 저 유명한 '탕자의 귀가' '등유를 준비하지 않은 신부' '게으른 포도원 주인' 이야기인 것이다. 그분들은 모두 자신의 언어로 사물의 이름을 지음으로써 그 사물 의미를 그 언어에 가두는 일을 피하고자 했다. 말하자면 '열린 의미'를 지향했던 것이다.

신화가 황당하게 들리는 것은 그 의미의 그물망이 아주 폭넓고, 따라서 해석의 가능성이 폭넓게 열려 있기 때문일 것이다. 말하자면 서로 모순되는 무수한 개념을 이야기에다 통합함으로써, 초라한 언어가 야기시킬 수 있는 온갖 시비^{是非}를 포괄적인 언어에다 녹여들였기 때문이 아닐까 하는 것이다.

우리는 문자로 전해질 수 없는 지극한 진리가 이야기에 담긴 채 전해지는 경우를 자주 목도한다. 그 이야기가 바로 신화 혹은 우화다. 실제로 '신화myth'와 '우화fable'는 동의어다. 궁극적인 진리에 가장 가까운, 지극한 뜻을 전하는 그릇에는 동서가 따로 있지 않다. 아이소포스(이솝)와 현철 장자莊子를 보라. 그들은 우리에게 다른 언어로 같은 말을 들려준다.

아이소포스의 우화에 나오는 '흰전나무와 가시나무' 이야기를 보라.

흰전나무가 가시나무에게 자랑한다.

"곧고 키가 커서 군함이나 상선의 갑판 만드는 데 쓰이는 나 같은 흰전나무가 어떻게 너 같은 가시나무에 견주어지겠느냐?"

그러자 쓸모없는 가시나무는 흰전나무에게 충고한다.

"자네를 무자비하게 잘라내는 도끼와 톱을 기억하라."

아이소포스의 우화는, 쓰임새 없는 가죽나무櫹의 그 쓰임새 없음을 찬양하는 장자의 우화를 고스란히 상기시킨다. 혜자惠子가 가죽나무의 쓰임새 없음을 비아냥거리자 장자가 들려주는 이야기는 가시나무의 충고와 다를 것이 없다.

"아무 데도 쓰일 바가 없으니 무슨 괴로움이 있겠는가?"

말 우는 소리를 흉내내고 싶어 부지런히 그 소리를 시늉하던 솔개가 말 우는 소리를 배우는 것은 고사하고 솔개 우는 소리조차 잊어버린다는 아이소포스의 우화는, 연나라 소년이 조나라 사람들의 걸음걸이를 배우러 조나라 서울 한단으로 갔다가 그 걸음걸이 배우는 것은 고사하고 제 나라 걸음걸이조차 잊어버리고 왔다는 장자의 한단지보邯鄲之步 교훈을 그대로 들려주고 있지 않은가?

나는 외국인들에게 동양의 신화나 우화 들려주기를 즐긴다. 내가 장자 이야기를 들려주면 그들은 아이소포스 이야기인 줄 알았다면서 좋아한다. 내가 한비자韓非子 이야기를 들려주면 그들은 마키아벨리 이야기인 줄 알았다면서 좋아한다. 내가, 중생 앞에 서른세 가지의, 이름도 다르게, 역할도 다르게 응신應身하는 관음보살 이야기를 들려주면 그들은 역할과 직분이 각각 다른 그리스신화의 신들 이야기인 줄 알았다면서 좋아한다.

그래서, 뜻이 넓고 깊은 힌두 경전 『우파니샤드奧義書』는, 진리는 하나이되 현자들은 여러 이름으로 이를 언표言表한다고 하지 않았던가?

나는 동서양의 신화를 서로 견주어보는 것을 좋아한다. 하지만 '다름'을 확인하기 위해 견주는 것은 좋아하지 않는다. 나에게 그것은 재미있는 일도 의미 있는 일도 아니다. 나는 '같음'을 위한 '다름'을 확인할 때 동서양의 신화 견주어보기를 좋아한다. 지극한 것은 같다. 지극하지 않은 것만 다를 뿐이다. 기독교가 저희 잣대로 'AD^{Anno Domini, 主後}'니, 'BC^{Before Christ, 主前}'니 하면서 흐르는 세월에다 금을 그은 지 2000년이 지났다. 새 '센추리世紀'니, 새 '밀레니엄千年紀'이니 하면서 호들갑을 떨어댄 지 벌써 1년이 다 되어간다. 무엇이 달라지고 있는가? 새들은 더 맑은 소리로 울기라도 하는가? 꽃들은 이 봄에 더 화사하게 피어나기로 만장일치로 결의라도 하는가? 가당치 않은 분별分別이요, 금 그어 나누기다. 동서가 어떻게 다른지 지난해 터키로 날아가, 동서가 나뉜다는 보스포루스 다리 위에 서보았다. 이쪽 저쪽으로 폴짝폴짝 뛰면 동양이고 서양이었다. 그러나 그것은 심정적 금 그어 나누기에 지나지 않을 뿐 동양과 서양은 아니었다. 터키는 거대한 땅을 동서양의 점이지대漸移地帶에다 눕힌 채, 현재진행형으로 동을 서로, 서를 동으로 융합하고 있었다.

영국의 키플링이라는 구닥다리의 노래, "동은 동, 서는 서, 이 둘은 영원히 하나가 되지 못할지니……"는 잠꼬대에 지나지 않는다. 그의 동서론은 음모의 혐의가 짙다. 그는, 동은 서와 영원히 하나가 되지 못할 정도로 다르다는 주장을 통하여, '동'의 '서'와 다름을 '틀림'으로 읽고자 했는지도 모른다.

　미국의 신화학자 조지프 캠벨의 4부작 신화 개론서『신의 가면』에는 '동양의 신화'와 '서양의 신화'가 나뉘어 있다. 그러나 그는 편의상 그렇게 하고 있을 뿐이지, 구조적인 '다름'을 드러내기 위해 가르고 있는 것은 아니다. 그의 주장에 따르면 문명의 태동기에는 원래 하나였던 최초의 존재가 상호 재발견의 시대로 들어오면서 해석상 둘로 분화한다. 그는 신화학 개론서『천의 얼굴을 가진 영웅』에서, 신화의 주도적인 캐릭터를 '영웅'이라는 이름으로 부른다. 그의 영웅은 그러니까 '천의 얼굴을 가진 영웅'이다. 그러나 그의 주장에 따르면 신화에 등장하는 모든 영웅은 '영웅 사이클'이라는 일정한 패턴을 따른다. 따라서 '천의 얼굴'이라는 말은 '한 얼굴'의 반어법에 지나지 않는다.

『신화의 힘』에서 그가 빌 모이어스와 나누는 대화가 들어둘
만하다.

캠벨　　인간의 마음과 삶의 조건을 화해시키는 일, 이것이 창조
　　　　신화의 기본구조를 이룹니다. 그래서 세계의 창조신화는
　　　　서로 아주 비슷한 거지요. 「창세기」를 읽어보세요. 나는 다
　　　　른 문화권의 창조신화를 읽어볼 테니까요. 견주어보면 알
　　　　겁니다.

모이어스　「창세기」1장을 읽겠습니다.
　　　　"태초에 하느님이 천지를 창조하시니라. 땅이 혼돈하고
　　　　공허하며 흑암黑暗이 깊음 위에 있고……."

캠벨　　나는, 피마 인디언의 전설 「세상의 노래」를 읽지요.
　　　　"태초에는 도처에 흑암과 물뿐이었는데 한 곳에서 덩어리
　　　　졌다가는 갈라지고 하니……."

모이어스　또 읽겠습니다.
　　　　"하느님의 신은 수면에 운행하시니라. 하느님이 가라사
　　　　대, '빛이 있으라' 하시매 빛이 있었고……."

캠벨　　나는 옛 힌두 경전『우파니샤드』를 읽지요.
　　　　"태초에는 사람 형상으로 비치는 한 위대한 존재뿐이었더

174

라. 사람 형상으로 비치는 존재는 세상에 자기밖에 없다는 것을 알았더라. 그의 첫말은 이것이다. '이것이 나로다.'"

모이어스 계속해서 성경을 읽겠습니다.

"하느님이 자기 형상대로 사람을 창조하시되 남자와 여자를 창조하시고, 복을 주시며 이르시되, '생육하고 번성하여 땅에 충만하라.'"

캠벨 서아프리카 바사리족의 전설을 읽지요.

"우눔보테가 인류를 창조하였다. 인류의 이름은 '사람'이다. 우눔보테는 다음으로 영양을 만들고 '영양'이라고 이름했다. 우눔보테, 뱀을 만들고 '뱀'이라고 이름했다. 우눔보테, 이르되, '이 땅은 아직 다져지지 못했구나. 그러니 가서 앉아 땅을 부드럽게 다지거라.' 온갖 종자를 주면서 또 이르되, '가서 이것을 심어라.'"

모이어스 2장입니다.

"천지와 만물이 다 이루어지니라. 하느님 지으시던 일이 일곱째 날이 이를 때 끝나니 그 지으시던 일이 다하므로……."

캠벨 피마 인디언 이야기를 읽지요.

"내가 세상을 만들었으니 보라, 세상 짓기가 끝났구나. 이렇게 내가 세상을 지었으니 보라! 세상 짓기가 끝났구나!"

모이어스 읽겠습니다.

"하느님이 지으신 모든 것을 보시니 보시기에 심히 좋았
더라."

캠벨 『우파니샤드』에서 읽지요.

"그제야 그는 깨달았다.

'내가 지었구나, 무슨 까닭이냐, 내가 낳았음이라.'

이로써 그는 그 지으신 이가 되었더라. 진실로 이 짓는 일
에서 이것을 아는 자가 바로 창조주이니라."

모이어스 「창세기」를 읽겠습니다.

"'내가 너더러 먹지 말라 명한 그 나무 실과를 네가 먹었
느냐?' 아담이 가로되, '하느님이 주셔서 나와 함께하게
된 여자가 그 나무 실과를 내게 주었으므로 내가 먹었나이
다.'

하느님께서 여자에게 이르시되,

'네가 어찌하여 이렇게 하였느냐?'

여자가 가로되,

'뱀이 나를 꾀므로 내가 먹었나이다.'"

이렇게 책임을 전가하는 이야기가 나옵니다. 책임 전가는

아득한 옛날부터 있었던 모양이지요?

캠벨 뱀이 아주 억울하게 되지요. 바사리 전설도 같은 식으로
진행됩니다.

"어느 날 뱀이 말했다.

'우리도 이 실과를 먹어야 한다. 왜 우리만 주려야 하느
냐?'

영양이 말했다.

'우리는 이 실과에 대해 아무것도 모르고 있다.'

이렇게 되자 남자와 그 아내는 실과를 집어 먹었다. 우눔
보테가 하늘에서 내려와 물었다.

'누가 이 실과를 먹었느냐?'

그들은 일제히 대답했다.

'저희가 먹었나이다.'

우눔보테가 물었다.

'누가, 그 실과가 먹어도 좋은 실과라고 하더냐?'

모두 일제히 대답했다.

'뱀이 그랬나이다.'"

자, 어때요? 같은 이야기이지요?

막스 뮐러가 영역한 또 하나의 『우파니샤드』도 같은 소식을
전한다. 보라.

묻는이 신들의 숫자는 얼마나 되오?

답하는이 300의 세 곱, 3000의 세 곱이나 된다 하더이다.

묻는이 다시 묻겠소. 신들의 수는 정말로 얼마나 되오?

답하는이 서른셋이라고 하더이다.

묻는이 정말로 얼마나 되오?

답하는이 여섯이라고 하더이다.

묻는이 정말로 얼마나 되오?

답하는이 둘입니다.

묻는이 정말로 얼마나 되오?

답하는이 아, 이제 알겠습니다. 한 분입니다.

예술의 전당이 기획한 '신화, 그 영원한 생명의 노래'전^展에
나온 우리 신화의 이미지에서 나는 이제야 우리 조상들의 모듬
살이가 꾸었던 꿈의 화석화^{化石化}한 내역을 보았다. 나는 고대의
암각화^{岩刻畵}에서 그리스와 로마시대의 '봉헌부조^{奉獻浮彫, votive relief}'
를, 남근석^{男根石}과 여근석^{女根石}에서 고대 인도의 '링감^{男根, Lingam}'

178

과 '요니女果, Yoni'를 본다. 척사辟邪를 위한 귀면와鬼面瓦는 그리스 신화에 나오는 '메두사의 머리', 고구려 벽화에 등장하는 태양 신조太陽神鳥 삼족오三足烏는 그리스의 태양신 아폴론의 신조神鳥인 까마귀이지 무엇일 수 있겠는가?

'신화, 그 영원한 생명의 노래'전에서 우리는 너무 늦게, 우리 조상들이 우리 이름으로 언표한 진리를, 우리 조상의 꿈과 진실을 만나게 된다. 그 꿈과 진실이 다른 민족의 꿈과 진실과, 모습이 다를 뿐 사실은 하나라는 것도 확인하게 된다. 우리 안을 흐르던, 그러나 우리가 볼 수 없던 강을 만나게 된다. 우리가 나온 통로였으되, 한 번도 우리가 들여다본 적이 없는 내 어머니의 자궁을 만나게 된다.

그렇다. 신화는 우리의 자궁이자 문명의 자궁이다.

테이블 마운틴

남아프리카공화국 남단의 케이프타운은 대서양으로 열려 있는 항구도시다. 그러나 완전히 열려 있는 것은 아니다. 대서양 쪽으로 '테이블 마운틴'이라 불리는 높이 1000미터가 넘는 암산이 앞을 가리고 있기 때문이다. '테이블 마운틴'은, 산의 정상이 평평해서 멀리서 보면 흡사 식탁 같다. 그래서 영국인들이 붙인 이름이 '테이블 마운틴'이다.

우리나라에도 그런 산이 많이 있다. 내 고향 대구의 북쪽에도 그런 산이 있다. 우리 어린 시절에는 그 산을 '방퉁이산'이라고 불렀다. '방퉁이'는 함지의 사투리다. 함지는 판자로 네모지게 짠 커다란 그릇을 말한다. 판자로 짜지 않고 통나무를 파서 만든 것은 함지라고 부르지 않고 함지박이라고 한다. 떡 같은 것을 담는 데 쓰이는 함지는 대개 위는 넓고 밑은 좁다. 우리가 '방퉁이산'이라고 부르던 산은, 이 함지를 뒤집어놓은 것과 모양이 아주 비슷한 산이다. 케이프타운에 있는 테이블 마운틴도 함지를 뒤집어놓은 것과 매우 흡사하다.

산의 종단면은 피라미드 꼴인 것이 보통이다. 그러나 테이블 마운틴의 종단면은 마름모꼴에 가깝다. 횡단면은 물론 함지꼴이다. 산이 함지꼴로 변화하는 것은 산을 구성하는 지층과 밀접한 관계가 있는 것 같다. 여느 산과는 달리 테이블 마운틴의 지층은 단단한 석회암층과 푸석푸석한 사암층이 차례차례 수평으로 쌓여 있는 것이 보통이다. 푸석푸석한 사암층은 비에 쉬 깎여내린다. 그러나 단단한 석회암층은 쉬 깎이지 않는다. 그러다 보니 사암층이 깎여나가고 남은 단단한 석회암층이 테이블 모양의 평지를 정상에 형성하고 있는 것이다. 바다 밑에도 이런 산들이 있는 모양이다. 스위스의 지질학자 기요가 발견했다고 해서 해저의 이러한 산들을 '기요'라고 부른다고 한다. 해저의 테이블 마운틴을 지질학에서는, 꼭대기가 평평하다고 해서 평정해산平頂海山, 혹은 꼭대기 모양이 테이블 같다고 해

181

서 탁상해산卓狀海山이라고 부르는 모양이다.

터키의 중부지방에서 무수한 테이블 마운틴을 보았다. 테이블 마운틴이 되기 직전의, 꼭대기에 푸석푸석한 사암층이 병풍 모양으로 남아 있는 산도 있었다. 그 사암층이 완전히 깎여내리고 꼭대기에는 단단한 석회암층만 평평하게 남아서 완벽한 테이블 모양으로 보이는 산도 있었다. 그 단단한 석회암까지 바위로 쪼개어져 아래로 굴러떨어지고 있는 산도 있었다. 그 석회암이 다 굴러떨어지고 푸석푸석한 사암층이 깎여내리면 그 산은, 그 이전보다는 한결 낮은 또 하나의 테이블 마운틴이 될 터였다. 터키 중부에는 하여튼 테이블 마운틴이 많았다. 나는 하나하나의 테이블 마운틴을 보면서, 테이블 마운틴의 진화 과정을 생생하게 설명해낼 수 있을 것 같았다.

나는 터키인 안내자에게 테이블 마운틴의 진화 과정에 대한 설명을 시도했다. 자연의 진화 과정에 대한 큰 깨달음이나 얻은 것 같았다. 그러나 터키인 안내자는 놀랍게도, 달래는 듯한 어조로 내게 말해주었다.

"테이블 마운틴의 생성과 소멸의 과정 참 잘 보셨습니다. 하지만 규모가 큰 테이블 마운틴을 무엇이라고 부르나요? 고원^高^原이라고 부르지요. 우리는 지금 오브루크 고원지대, 거대한 테이블 마운틴 위를 달리고 있답니다. 큰 테이블 마운틴 위를 달리고 있으니 작은 테이블 마운틴의 모습이 잘 보이는 모양이군요? 하지만 큰 테이블 마운틴 위를 달리고 있다는 것은 모르셨죠?"

전설과 진실

자전自傳의 반대개념으로 '타전他傳'이라는 말을 만들어서 한번 써보면 어떨까? 그렇다면 이렇게 말할 수 있다. 전기문학傳記文學이라면 크게, 본인의 손에서 이루어진 자전과 다른 사람들 손에서 이루어진 '타전'이 있겠는데, 나는 연전에 출판한 내 소설 말미에다 이 자전과 관련해서 다음과 같은 글을 쓴 적이 있다. 전기에 관한 한 나에게는 한 가지 믿음이 있다.

"……'자전적自傳的인 소설'이라는 말은 늘 나를 당황하게 만들고는 한다. 이 세상의 사물은 어차피 개인의 경험이라는 문맥 안에서 읽히게 마련이므로 소설이라고 하는 것은 어차피 모두 자전自傳의 운명에서 완벽하게 벗어나지는 못한다고 나는 생각한다. 이 소설의 경우도 마찬가지다. 이 소설을 자전적인 것이라고 한다면 나는 정직하지 못한 셈이 되고, 허구라고 한다면 상상력이 너무 부족한 셈이 된다. 따라서 이 글은 개인적 경험과 소설적 허구 사이, 나의 믿음과 희망 사이의 어느 어름에 위치한다. 나는 내가 쓰는 글의 좌표를 이렇게밖에는 찍을 수 없다."

출판 회사 학원사가 60년대 초에 초등학교 고학년과 중등학교 저학년을 겨냥하고 출판한 100권의 '세계 명작 소설 전집'과 100권의 '세계 위인전기 전집'을 나는 잊을 수 없다. 이 책은 일찍이 나에게, 장차 무슨 짓을 하면서 어떻게 살아가야 할 것인가를 어렴풋하게나마 가르쳐준 책이기도 하다. 말하자면 '소설 전집'이 장차 무슨 짓을 하면서 살아가야 할 것인가를 가르쳐준 책이었다면 '전기 전집'은 장차 어떻게 살아가야 할 것인가를 가르쳐준 책이었던 셈이다. 내가 한 권도 빠뜨리지 않고 읽고 또 읽은 이 200권의 책에서 받았던 인상 중 비교적 강렬했던 것은 '전기 전집' 쪽이었던 것 같다. 그 까닭은, 당시에는 그것을 설명할 수 없었지만, '전기 전집'이 문학의 근원적인 문제와 깊은 관련을 맺고 있을지도 모른다는 예감 때문이었을 것이다.

뒷날, 초보 독자들을 위해 풀어서 다시 쓴 것이 아닌, 원서 혹은 원서 번역본으로 다시 읽기는 했지만 어린 시절의 이 전집 독파 체험은 나에게 소중한 기억으로 남아 있다. 긴 세월이 흐르면서 상당 부분 모서리가 닳기는 했어도 이때의 독서 체험을 통하여 내가 받은 인상 하나에 대한 기억도 소중하다. '전기전집'과 관련된 기억, 그중에서도 나에게 깊은 인상을 남긴 것은 묘사 대상의 '안'과 '밖'에 관한 문제, 즉 자전과 타전의 문제인데, 막연하게만 생각하고 있던 이 문제가 전기문학의 의미를 다시 생각해보는 지금 대체로 다음과 같이 정리된다.

지나치게 단순화한다는 혐의 뒤집어쓸 것을 무릅쓰고 거칠게나마 한번 말해본다면, 문학은 전기의 운명을 벗어나지 못한다고 나는 생각한다. 이것은 전기가 문학의 한 갈래로 발전해온 것이 아니라 우리가 문학이라고 부르는 시와 소설이 자고로 전기의 형태로 발전해왔다는 역사적인 사실에서 연유한다.

호메로스의 『일리아스』만 해도 그렇다. 『일리아스』는 운문으로 쓰인, 무수한 영웅호걸의 서사적인 전기가 아니던가? 결국은 심오한 무의식의 풍경을 거느린 또 하나의 전기문학 주인공 오디세우스를 『오디세이아』의 망망대해로 띄워보내기 위한 준

비운동이 아니던가? 오비디우스의 『변신 이야기』, 베르길리우스의 『아이네이아스』도 예외는 아니다. 각각 신들의 이야기와 인간의 이야기인 『변신 이야기』와 『아이네이아스』는 조선시대의 『용비어천가』를 상기시킨다. 이 두 작품은 자국^{自國}의 선왕^{先王}들 족보를 신들의 족보에 잇대기 위한 로마제국 '문화공보부'의 눈물겨운 전기적 선전 자료 노릇을 한다. 그러면서도 문학이라고 하는 거대한 강 상류의 수원^{水源}을 겸한다.

어디 서양의 경우만 그러한가? 사마천^{司馬遷}의 『사기^{史記}』는, 전기문학으로 분류해 넣는 것이 벌써 실없는 노릇이다. 한문 문화권 문학의 거대한 남상^{濫觴} 노릇을 해온 『사기』가 전기문학으로 분류된 것은, 『사기』가 후세에 피워낸 문학의 꽃밭에서 일어난 일이다.

우리는 흔히 『플루타르코스 영웅 열전』의 저자를 '플루타크^{Plutarch}'라고 부르는데 이것은 영어식 이름이다. 제대로 부르자면 '플루타르코스^{Plutarkhos}'가 옳다. 고대 서양의 빼어난 전기작가 플루타르코스는 그리스도보다 약 반 세기 뒤에 태어난 그리스 역사가다. 우리가 『플루타르코스 영웅 열전』이라고 부르는 그의 저서 원제목은 '비오이 파랄렐로이^{Bioi Paralleloi}' 다. 직역하면

'주욱 늘어놓고 견주어본 위인들의 한살이 Parallel Lives', 즉 '위인 대비 열전 偉人對比列傳'이 된다. 이 열전에는 약 50꼭지에 이르는 그리스 및 로마의 영웅들 이야기가 실려 있다.

'플루타르코스 영웅 열전'이라는 제목은 일본인과 한국인들만 쓰는 제목인 것으로 아는 사람이 있지만 실제로는 그렇지 않다. 이 책의 영어 번역본에 최초로 쓰인 영문 제목은 '훌륭한 그리스 로마인들의 전기 Lives of the Noble Grecians and Romans'나 뒷날에는 '플루타르코스의 전기 Plutarch's Lives' 라는 제목으로 출판되기도 했다.

그리스어 '비오 bio'나 영어의 '라이브즈 lives'는 '살아간 이야기', 즉 '한살이'를 뜻한다. '비오'는 영어로는 '바이오그래피'가 된다. 후세에 들어 이 말이 '전기'라고 번역되는 것은 결국 전기라는 것의 본질이, 문학이라는 것의 본질이 무엇인가를 짐작하게 한다는 뜻에서 의미심장하다. 결국은 사람 살아가는 이야기라는 것이 아니겠는가. 이녁이 살아가는 이야기를 이녁이 쓰면 '오토바이오그래피 自傳', 남이 쓰면 '바이오그래피 他傳'가 되는 것이다.

중국의 역사가 스마첸의 『사기』가 동양 3국의 표현법 및 수사법에 엄청난 영향을 미친 책이듯이 『플루타르코스의 영웅 열

188

전』은 성서와 더불어 서양 여러 언어의 어휘와 수사법에 엄청난 영향을 미친 책이다. 어느 정도인가 하면, 나폴레옹과 베토벤에게는 이 책이 성서와 다름없었고, 에라스뮈스에게는, '성서에 버금가게 신성한 책'이었으며, 에머슨에게는 '세계의 모든 도서관에 불이 날 경우 목숨을 걸고 들어가서 꺼내고 싶은 책 세 가지 중의 하나'였을 정도이다.

나는 전기문학을 읽을 때면 타전과 자전을 견주는 일에 큰 재미를 느낀다. 한 위인에 대한 타전과 위인 자신의 자전을 나란히 놓고 읽을 수 있으면 그 재미는 절정에 이른다. 이것은 타전이 밖에서 이루어진 한 인간의 '바깥 모습'의 기록인 데 견주어 자전은 안에서 기록한 그 인간의 '안 모습'의 기록이라는 것과 밀접한 관계가 있다.

나는 타전과 자전을 나란히 놓고 읽는 독서 체험을 통하여 한 인간의 표리와 만나고는 한다.

나는 타전이 전설이라면 자전은 진실이라고 믿는다.

타전과 자전이 만나는 자리는 곧 한 인간에 대한 전설과 진실의 만남, 외적 가치와 내적 가치의 만남이다. 전설과 진실…… 책 읽을 때는 물론이고 세상 바라볼 때마다 내가 들고는 하는 화두이다.

이런 뜻에서 나는 소설 읽을 때마다 그 소설이 타전의 성격을 띠고 있는지 자전의 성격을 띠고 있는지 눈여겨보고는 한다. 나는 대뜸 3인칭 소설은 타전적 소설, 1인칭 소설은 자전적 소설로 가정하고는 한다.

3인칭으로 쓰이는 대부분의 소설이 중요하게 여기는 것은 등장인물이나 무대의, 겉으로 드러나는 풍경, 즉 외경外景이다. 3인칭 소설은 외경의 묘사를 통하여 내경을 상징적으로 드러내는 경우가 보통이다. 따라서 외경 묘사에 힘이 실리는 소설일 경우 등장인물의 진실은 현저하게 객관적이다.

1인칭으로 쓰이는 대부분의 소설이 중요하게 여기는 것은 등장인물이나 무대의 안 풍경, 즉 내경內景이다. 1인칭 소설은 내경의 묘사를 통해 객관적 가치가 아닌 주관적 진실을 드러내는 경우가 보통이다. 내경 묘사에 힘이 실리는 소설일수록 등장인물의 진실이 사회적인 대신 현저하게 개인적인 것은 이 때문이다.

나는 한 인간이나 사건의 전설되기 프로세스에 관심이 많을 뿐, 전설 그 자체에는 흥미가 적다. 전설은 외부 의미 체계와의 영합을 통해서 이루어지지만, 진실은 외부 의미 체계에 영합하기 이전에 벌써 나름의 독창적인 의미 체계를 구성한다. 내가 관심하는 것은 한 인간이나 사건이 외부와 공유하는 의미 체계가 아니라 한 인간이나 사건 자체의 주관적인 의미 체계이다. 따라서 전설이 아니라 진실이다.

내가 허구보다는 전기, 전기 중에서도 타전보다는 자전을 더 좋아하는 것은 이 때문이다.

'지금, 여기'에 있는 조르바

"『그리스인 조르바』는 내 젊은 날의 성서聖書였습니다. 한 치 앞이 안 보이던 시절, 앞뒤도 분간하지 못하고 방황하던 시절, 조르바는 나에게 세상과 사물을 어떻게 대할 것인지 가르쳐주었답니다."

조선일보 최구식 기자, 10여 년 전 문화부에 있을 때 역자인 내게 한 말이다. 그는 조르바처럼, '조르비스트'로 살고자 한다.

"『그리스인 조르바』를 다시 읽었어요. 대학 시절에 처음 읽었는데, 그때는 지금 같은 맛을 느끼지 못했어요. 사람이 얼마나 큰 것인지, 얼마나 클 수 있는 것인지 새삼 깨달았네요. 책 읽는 게 직업이어서 읽는 일이 짜증스러울 때가 많은데, 아니었어요, 행복한 밤새기였어요. 그런데요, 이번에 읽어보니까 조르바가 경상도 사투리를 쓰고 있네요? 에이, 경상도 말 하는 조르바가 어디에 있어요?"

개역판 나온 직후에 동아일보 문화부 정은령 기자가 역자인 내게 전화를 걸어서 한 말이다. 그의 말투에는, 사람들과 부대 끼면서 얻은 피곤이 묻어 있는 것 같았다. 『그리스인 조르바』의 역자인 나는 '조르바'에 대한 이런 유의 찬사를 굳이 사양하지 않는다. 다만 역자에 지나지 않기 때문이다.

벌써 30여 년 저쪽의 일이 되었다. 군대에서 제대한 직후인 1972년에 '조르바'를 처음 만났다. 창간된 직후인 월간 문예지 《문학사상》이 당시, 박경리의 『토지』와 니코스 카잔차키스의 소 설 〈희랍인 조르바〉를 연재하고 있었다. 두 소설에 아주 푹 빠졌 다. 《문학사상》 나왔어요? 서점 지나면서 자주 묻고는 했다.

연재소설 〈희랍인 조르바〉는 번역이 참 유려해서 좋기는 좋 았는데 몇 가지 역어譯語가 나를 견디기 어렵게 했다. 그 가운 데 하나가, 화자인 '나'에 대한 조르바의 호칭이었다. 조르바가 '나'를 '주인님'이라고 부르고 있는 것에 나는 견디기 어려웠 다. 나는 이것을 '두목'으로 바꾸어가면서 읽었다.

조르바는 자유인이다. 타인을, 더구나 연하의 자본주資本主를 '주인님'이라고 부르는 일이 자유인 조르바에게는 일어날 수 없겠다 싶었다.

아버지 '미칼레스'를 모델로 카잔차키스가 쓴 소설 『미칼레스 대장』에서, '자유'는 이런 모습으로 그려진다.

아버지 '미칼레스 대장'은 아홉 살배기 아들을 데리고, 터키인들 손에 교수형을 당한 기독교도들의 발에 입을 맞추게 함으로써 그들의 죽음에 경의를 표하게 하고는 명령했다.

"잘 보고, 죽을 때까지 결코 잊어서는 안 된다."

"아버지, 누가 이분들을 죽였어요?"

아버지는 짤막하게 대답했다.

"자유."

1980년 카잔차키스 전집을 기획하면서 나는 『그리스인 조르바』의 번역에 뛰어들었다. 나는 자유인 조르바로 하여금 화자를 '두목'이라고 부르게 했다. 나는, 거침없이 쏟아내는 조르바의 푸짐한 언어를 되도록 살아 있는, 난폭한 입말口말에 가깝게 옮기고자 했다. 그러다 보니, 내가 태어나서 어머니로부터 배운 내 고향 지방어가 툭툭 불거졌던 모양이다. 그래서 '에이, 경상도 사투리 쓰는 조르바가 어디에 있어요', 이런 항의도 더러 받는다.

1999년 2월 6일 토요일, 《현대문학》이 주선한 답사단의 일원으로 아테네에서 크레타로 가는 항공기에 올랐다. 나에게 크레타는 온통 카잔차키스, 그리고 조르바였다. 쪽빛 바다 위에 웅크린 섬 크레타는 거대한 거북의 등짝 같았다. 나는 왕을 알현하러 들어가는 변방의 병사가 된 느낌으로 크레타로 들어갔다. 이라클리온공항이 '니코스 카잔차키스공항'이 되어 있었다. 나는 향토 출신 작가의 이름을 수도의 공항 이름으로 삼은 크레타인들에게 경의를 표했다.

그의 무덤은 베네치아인들이 쌓은 메갈로카스트로大城郭의 한 모서리, 피라미드 꼴 기단 위에 있었다. 그리스정교회에서 파문당한 사람의 무덤에만 쓰인다는, 수수하기 짝이 없는 나무 십자가가 인상적이었다. 진로 소주를 제주로 진설하고 일행은 묵념을 했다. 하지만 나는 묵념으로는 부족하다 싶어 구두 벗고 절을 했다. 우리를 그 자리로 안내한 크레타인 여성 소니아 벨라도키는 눈물을 참아내지 못했다. 소니아는, 먼 동양에서 온, 언어도 다르고 외모도 다른 사람들이 자기네 고향이 사랑하는 작가에게 지극한 경의를 표하는 사태에 치밀어 오르는 격정의 눈물을 참을 수 없노라고 했다. 그는 불가리아에 살고 있는 조르바의 딸도 불과 한 달 전에 그 무덤을 참배하고 갔노라고 했다. 귀가 번쩍 뜨이는 데가 있어서 조르바의 딸이 몇 살이나 되었느냐고 묻는 나의 질문에 소니아가 대답했다.

"예순다섯이라지요, 아마?"

『그리스인 조르바』에 나오는, 조르바가 시베리아에서 부쳤다는 엽서에는 다음과 같은 대목이 나온다.

"······아직 살아 있습니다. 우라지게 추워 할 수 없이 결혼했습니다. 뒤집어보면 사진이 있어서 두목도 볼 수 있을 겁니다. 착하고 여자다운 물건입니다. 허리가 조금 뚱뚱한 건 지금 날 위해서 꼬마 조르바를 하나 만들고 있기 때문입니다······."

그렇다면, 올해 예순다섯이 되었다는 조르바의 따님은 그때 만든 '꼬마 조르바'일까, 싶었다.

생가는 박물관이 되어 있지만 겨울철에는 찾는 사람이 너무 적어 문을 닫는다고 했다. 아쉽지만 돌아서지 않을 수 없었다. 날씨가 스산하더니 추적추적 비가 내리기 시작했다. 나는 카잔차키스의 흉상이 서 있는 크레타의 에카프테리아광장에서 조르바가 시베리아에서 보낸 세월을 생각했다.

그로부터 6개월 뒤인 8월 27일, 아내와 함께 다시 니코스 카잔차키스공항에 내렸다. 그의 생가를 기어이 보고 싶었기 때문이다. 기념관으로 꾸며진 생가에서 나와 아내는, 한 시절을 우리와 함께했던 카잔차키스와 조르바를 만났다. 기념관에는 실존 인물 알렉시스 조르바의 커다란 흑백사진이 걸려 있었다. 그 흑백사진의 시절은 갔지만 우리는 카잔차키스와 조르바를 '보내지 아니하였다' 싶었다.

둘은 이렇게, 아직도 우리 곁에 있다.

독자에게 조르바의 모습을 소개하면서 내가 운신할 언어의 폭은 지극히 협소할 수밖에 없다. 조르바의 어록을 통하여, 조르바에 대한 화자의 해석을 통해서 조르바가 충분히 드러나 있기 때문이다. 『그리스인 조르바』는 카잔차키스의, 실존 인물 조르바 체험담이다. 화자인 '읽고 쓰는 인간' '나'와, '살아버리는 인간' '조르바'가 아테네의 외항外港 피레우스에서 만나, 크레타에서 갈탄광산을 개발하기로 합의하는 데서 시작, 그 광산을 깨끗이 들어먹을 때까지 벌어진 일들을 기둥 줄거리로 한다. 전형적인 서구의 지식인 '나'의 사유와, 이따금씩 선풍禪風을 내비치는 조르바의 어록은, 때로는 거칠게 충돌하기도 하고 때로는 하나로 어우러진 흐름이 되어 하상河床에 묻혀 있는 삶의 비밀을 하나씩 들추어내기도 한다.

『그리스인 조르바』에서, '나'와 조르바가 만나 함께 일하기로 결심하는 대목을 카잔차키스는 이렇게 쓰고 있다.

"조르바 씨, 이야기는 끝났어요. 나와 같이 갑시다. 마침 크레타엔 내 갈탄광이 있어요. 당신은 인부들을 감독하면 될 겁니다. 밤이면 모래 위에 다리를 뻗고 앉아 먹고 마십시다. 내겐 계집도 새끼도 강아지도 없어요. 그러다 심드렁해지면 당신은 산투리도 치고⋯⋯."

"기분 내키면 치겠지요. 내 말 듣고 있소? 마음 내키면 말이오. 당신이 바라는 만큼 일해 주겠소. 거기 가면 나는 당신 사람이니까. 하지만 산투리 말인데, 그건 달라요. 산투리는 짐승이오. 짐승에겐 자유가 있어야 해요. 제임베키코, 하사피코, 펜토잘리도 출 수 있소. 그러나 처음부터 분명히 말해 놓겠는데, 마음이 내켜야 해요. 분명히 해둡시다. 나한테 윽박지르면 그때는 끝장이에요. 결국 당신은 내가 인간이라는 걸 인정해야 한다 이겁니다."

"인간이라니, 무슨 뜻이지요?"

"자유라는 거지!"

'자유'에 대한 조르바의 생각은 명쾌하다. 그는 지식인의 언어가 아닌, 산적의 언어로 자유를 말한다.

그는 귀찮게 구는 파리를 쫓는 듯이 손을 내저었다.

"……그렇지만 너무 걱정 마시오. 내가 하려던 말은 이겁니다. 왕당파의 군함이 깃발을 달고 몰려와 한참 포격하고 나서 이윽고 게오르기오스 왕자가 크레타의 땅을 밟았을 때 이야긴데…… 섬사람들이 자유를 찾았다고 미쳐 날뛰는 꼴 본 적 있어요? 없어요? 두목, 그럼 당신은 눈뜬장님으로 살다 죽을 팔자시군. 내가 천 년을 산다 해도, 내 육신이 썩어 한 줌 재로 남을 때까지 난 그날 본 건 잊지 못할 겁니다. 우리가 입맛대로 하늘나라 낙원을 선택할 수 있다면 (낙원이라면 마땅히 그런 것이어야 하겠지만) 하느님께 말씀드릴 겁니다. '오, 하느님, 내 낙원은 아프로디테의 신목^{**}과 깃발이 나부끼는 크레타섬이게 하시고 게오르기오스 왕자가 크레타의 흙을 밟던 순간이 세세연년 계속되게 하소서.' 그것뿐입니다요."

조르바는 다시 한번 입을 다물었다. 그는 수염을 거두고 찬물을 한 컵 가득 부어 벌컥벌컥 들이켰다.

"조르바, 크레타에서 무슨 일이 있었다는 겁니까? 이야기 좀 들읍시다."

"그 길고 긴 이야기를 꼭 해야 하는 거요?"

조르바의 말투가 퉁명스러워졌다.

"……보세요, 내 말씀 드립지요만, 이 세상은 수수께끼, 인간이란 야만스러운 짐승에 지나지 않아요. 야수이면서도 신이기도 하지요. 마케도니아에서 나와 함께 온 반란군 상놈 중에 요르가란 놈이 있었습니다. 극형에 처해야 마땅한 진짜 돼지 같은 놈이었답니다. 아, 글쎄, 이런 놈까지 울지 않겠어요. '왜 우느냐, 요르가, 이 개새끼야. 너 같은 돼지 새끼가 뭣 하러 다 우니?'

내가 물었지요. 나도 눈물을 마구 흘리고 있었답니다. 그랬더니 이 자는 내 목을 안고 애새끼처럼 꺼이꺼이 우는 게 아니겠습니까. 이 개자식은 지갑을 꺼내어 터키 놈들에게서 빼앗은 금화를 주르륵 쏟아내더니 한 주먹씩 공중으로 던지는 겁니다. 두목, 이제 자유라는 게 뭔지 알겠지요?"

조르바는, 자본가인 '나'의 자금을 얻어, 갈탄광산에 쓰일 장비를 사러 칸디아로 간다. 하지만 예순이 넘은 조르바는 여기에서 스물을 갓 넘은 매춘부 롤라에게 푹 빠져 '나'의 자금을 탕진하면서도 양심의 가책을 별로 느끼지 않는다. 조르바에게, 매춘부 탐닉은 '자유'에 대한 역설적인 모색이다. 철저한 남성 우월주의자인 조르바는, 화자에게 보내는 편지를 통해 자유에 대한 매춘부 롤라의 의지를 이렇게 그려낸다.

……어제 칸디아에서 가까운 마을에서 성명 축일聖名祝日이 있었지요. 롤라가 어떤 성자의 이름과 닮아 처먹었는지 내가 알 게 됩니까, 아차 그러고 보니 계집의 이름이 롤라라는 이야길 안 했군요. 롤라라고 한답니다. 이게 이러더군요.

'할배!' 이건 여전히 날 이렇게 부릅니다만 이젠 내 별명이 되어 버렸지요.

'……할배, 나 성명 축일 잔치에 가고 싶어.'

'그럼 가려무나. 이 할마시야.' 내가 이렇게 응수했지요.

'하지만 할배랑 같이 가고 싶은걸.'

'나는 안 가. 성자를 좋아하지 않거든. 그러니까 너 혼자서 가도록 해.'

'그래요? 그럼 나도 가지 않을래요.' 내가 노려보았습니다.

'안 가? 왜 안 가? 가고 싶지 않다는 거야?'

'함께 가주면 가고, 그렇지 않으면 안 갈래요.'

'왜 안 가? 너는 자유인이 아니야?'

'아니에요.'

'너는 자유가 싫으니?'

'싫어요.'

나는 믿을 수가 없었지요. 그러나 사실이었지요.

'아니, 너는 자유를 바라지 않는다는 것이냐!'

'그래요. 싫어요, 싫어요, 자유가 싫어요!'

두목, 나는 롤라의 방에서 롤라의 편지지에다 이 편지를 쓰는 겁니다. 제발 내 말에 귀를 기울여요. 나는 자유를 원하는 건 인간뿐이라고 생각합니다. 여자는 자유를 원하지 않아요. 그런데 여자도 인간일까요?

조르바의 '자유'는 인간의 자유에 한정되지 않는다. 조르바는 그리스의 현악기 산투리와 삶을 함께한다. 하지만 그는 산투리조차도 마음대로 다루지 않는다. 그가 아는 한 산투리에게도 자유를 향수할 권리가 있다. 그런 그가 어떻게 연하의 자본가인 '나'를 '주인님'이라고 부를 수 있겠는가?

그는 일어나서 산투리를 벗겨 들고는 중얼거렸다.

"이리 오너라, 이 도깨비 같은 것아. 말 한마디 없이 벽에 걸려 뭘 했니? 어디 네 노래 좀 듣자!"

조르바가 산투리를 싼 천을 벗길 때의 부드럽고 조심스러운 손놀림은 아무리 봐도 싫증 나지 않았다. 그는 자줏빛 무화과 껍질이나 여자의 옷을 벗기는 것처럼 곰살맞았다.

그는 산투리를 무릎 위에다 놓고 허리를 굽히고는 현을 어루만졌다. 부를 노래를 의논하는 것 같기도 했고, 눈을 뜨라고 어르고 있는 것 같기도 했고, 고독에 지친 방황하는 영혼의 친구가 되어 달라고 어르고 있는 것 같기도 했다. 그는 노래를 한 곡조 불렀다. 어떻게 된 셈인지 노래는 제대로 나오지 않았다. 그는 부르던 노래를 포기하고 새 곡을 골라잡았다. 산투리의 현은 노래할 생각이 없다는 듯이, 아니면 고통스러운 듯, 소리를 고르지 못했다. 조르바가 벽에 기대고 앉아 미간을 문질렀다. 어느새 땀을 흘리고 있었던 것이다. 그는 겁을 먹은 얼굴로 산투리를 내려다보면서 중얼거렸다.

"하고 싶지 않다는군요. 하고 싶지 않대요!"

그는 산투리가 사나운 짐승이어서 행여나 물릴 세라 조심스럽게 다시 싸기 시작했다. 그러고는 천천히 일어나 다시 벽에다 걸었다. 그러고는 다시 중얼거렸다.

"하고 싶지 않대요……. 그러니 억지로 시키지는 말아야지요."

카잔차키스가 자기 영혼에 골을 남긴 사람으로 호메로스, 베르그송, 니체 다음으로 꼽은 사람은 조르바이다. 그러나 그가 영혼의 편력에서 니체 다음으로 만난 이는 부처였다. 조르바와의 진정한 만남은, 부처와의 만남을 통한 '위대한 부정否定'의 경험 이후에나 가능했다. 부처를 만나고 있을 즈음의 일을 그는 이렇게 쓰고 있다.

"……부처의 그 '자비'를 통해서 우리는 육체의 울타리를 무너뜨리고 육체에서 해방되어 결국은 모든 것과 하나가 된다……. 정복하라, 이 세상의 모든 유혹 가운데 가장 무서운 유혹인 희망을 정복하라……."

그가 산 삶의 여정은 신과 인간, 천사와 악마, 육체와 영혼, 물질과 정신, 보이는 존재와 보이지 않는 존재, 내재적인 것과 초월적인 것, 사색과 행동 등등의, 영원히 모순되는 반대개념에서 하나의 조화를 창출하려는 끊임없는 투쟁으로 이루어진다. 부처와 제자 아난다의 문답을 시극詩劇으로 꾸미고 있던

1930년 즈음부터 그의 3단계 투쟁에서는 불교적인 결론이 엿보이기 시작하는데, 가령 『영혼의 단련』에 나오는 다음과 같은 두 단계와 세 번째의 기도에 주목할 필요가 있다.

1. 주여, '존재하는 건 당신과 나뿐'이라고 하는 이들을 축복하소서……

2. 주여, '당신과 나는 하나'라고 하는 이들을 축복하소서……

3. 주여, '이 하나조차도 존재하지 않는다'고 하는 이들을 축복하소서……

1. 주님, 나는 당신의 손에 든 활입니다. 당겨주소서.

2. 주님, 너무 세게 당기지는 마소서. 나는 약한지라 부러질지도 모릅니다.

3. 주님, 마음대로 하소서. 부러뜨리든 말든 뜻대로 하소서.

　지극히 이성적이던 그의 문학은, 불교적 세계관과 만나면서 불교적인 선풍禪風을 내비치기 시작한다. 그는 인식주체인 '나'와, 인식객체인 세계를 하나로 통합함으로써, 말하자면 대극하는 무수한 개념을 하나로 통합함으로써 초라한 언어를 통한 온갖 시비是非를 삶 속으로 녹여들인다. 그는, "편도나무에게 신이 무엇이냐고 묻자 편도나무는 대답 대신 꽃을 피워 버리는 것이다"라고 쓴다.

카잔차키스와 조르바의 만남은 두 선풍도골仙風道骨의 만남이다. 카잔차키스의 선풍이 불교 공부를 통해 그가 획득한 것이라면 조르바의 선풍은 신산스러운 삶을 통한 자연 발생적인 것이다. 카잔차키스는 오랜 공부와 모색을 통해 삶의 본모습에 천천히 다가간다. 하지만 카잔차키스가 오랫동안 찾아다녔지만 만날 수 없었던 사람 조르바는, 한달음에 거기에 접근한다. 카잔차키스에게 조르바는 "살아 있는 가슴과 커다랗고 푸짐한 언어를 쏟아내는 입과 위대한 야성의 영혼을 가진 사나이, 아직 모태母胎인 대지에서 탯줄이 떨어지지 않은 사나이, 세상에서 가장 단순한 표현으로 언어, 예술, 사랑, 순수성, 정열의 의미를 전해주는 껄렁한 노동자"였다. 카잔차키스가 껄렁한 노동자 조르바의 어록에, 부처의 일대기를 통해서 공부한 선불교를 덧칠한 것 같지는 않다. 현자賢者들이 여러 가지 이름으로 언표言表하지만 진리는 결국 하나라고 했으니.

나는 그제야 그의 왼손 집게손가락이 반 이상 잘려 나간 걸 알았다. 나는 그쪽으로 갔지만 속이 역겨웠다.

"손가락은 어떻게 된 겁니까, 조르바."

내가 물었다.

"아무것도 아니오."

그가 이렇게 대답했다. 돌고래를 보고도 아무렇지 않게 생각하는 내가 못마땅한 모양이었다.

"기계 만지다 잘렸어요?"

그의 기분을 모른 체하며 내가 물었다.

"뭘 안다고 기계 어쩌고 하시오? 내 손으로 잘랐소."

"당신 손으로, 왜요?"

"당신은 모를 거외다, 두목."

그가 어깨를 들었다 놓으며 말했다.

"안 해본 짓이 없다고 했지요? 한때 도자기를 만들었지요. 그 놀음에 미쳤더랬어요. 흙덩이 가지고 만들고 싶은 건 아무거나 만든다는 게 어떤 건지 아시오? 프르르! 녹로를 돌리면 진흙덩이가 동그랗게 되는 겁니다. 흡사 당신의 이런 말을 알아들은 듯이 말입니다.

'항아리를 만들어야지, 접시를 만들어야지. 아니 램프를 만들까, 귀신도 모를 물건을 만들까…….'

207

사람이라고 할 수 있는 건 모름지기 이런 게 아닐까요, 자유 말이오."

그는 바다를 잊은 지 오래였다. 그는 더 이상 레몬을 깨물고 있지 않았다. 눈빛이 다시 빛나게 된 것이었다.

"그래서요?" 내가 물었다.

"손가락이 어떻게 되었느냐니까?"

"참, 그게 녹로 돌리는 데 자꾸 걸리적거리더란 말입니다. 이게 끼여들어 글쎄 내가 만들려던 걸 뭉개어 놓지 뭡니까. 그래서 어느 날 손도끼를 들어…….."

"아프지 않던가요?"

"그게 무슨 말이오. 나는 쓰러진 나무 그루터기는 아니오. 나도 사람이오. 물론 아팠지요. 하지만 이게 자꾸 걸리적거리며 신경을 돋구었어요. 그래서 잘라 버렸지요."

해가 빠지면서 바다는 조용해졌다. 구름도 사라졌다. 밤별이 빛나기 시작했다. 나는 바다를 보고 하늘을 바라보면서 후회했다. ……얼마나 사랑하면 손도끼를 들어 내려치고 아픔을 참을 수 있는 것일까……. 그러나 나는 감정을 나타내지 않았다.

"그건 좀 심한데요, 조르바."

내가 웃으면서 말했다.

"그 이야기를 들으니 『성인전집聖人傳集』의 금욕주의자 이야기가 생각나는군요. 여자를 보고 육욕의 갈등이 견디기 어렵자 이 양반은 도끼를 들어⋯⋯."

"참 병신 같은 친구도 다 있네."

조르바는 나의 다음 말을 짐작했는지 소리를 버럭 질렀다.

"⋯⋯그걸 자르다니! 그런 병신은 지옥에나 가야지. 그것 참 순진하고도 깜깜한 친굴세. 그건 장애물이 아니에요!"

"하지만, 아주 큰 장애물이 될 수도 있겠지요."

나는 우겼다.

"뭐 하는 데 말인가요?"

"하늘나라로 들어가는 데."

조르바가 곁눈질로 한심하다는 듯이 나를 바라보다가 이렇게 말했다.

"⋯⋯이 답답한 양반아. 그건 천국으로 들어가는 열쇠라는 걸 왜 모르셔?" 그는 고개를 들어 내세來世의 삶, 천국, 여자, 성직자 따위의 생각이 복잡하게 오고 가는 내 마음속을 들여다보려는 듯이 나를 노려보았다. 그러나 그는 내 심중을 별로 헤아리지 못한 것 같았다. 그래서 그랬는지 그 커다란 잿빛 머리를 설레설레 흔들었다.

"병신은 천국에 못 들어가요."

그는 이렇게 말하고는 입을 다물어 버렸다.

이성, 그러니까 여성에 대한 조르바의 생각은 명쾌하다. 가부장적이고 완고한 대부분의 그리스 남성들에게 그랬듯이 그에게도 여성은 고민의 대상이 아니다. 그에게, 여성은 인간이 아니다. 그는 이성의 문제로 고통스러워하는 화자를, 이렇게 놀려먹는다.

"두목, 두목에게 호자가 살로니카에서 내게 일러 준 비밀 하나를 가르쳐 드리지요……. 해봐야 소용없을지 모르지만 어쨌든 두목에게 들려줘야겠습니다. 내가 마케도니아에서 행상을 하고 다닐 때의 일이지요. 나는 실타래, 바늘, 성인전聖人傳, 안식향, 고추 따위를 팔러 마을을 돌아다녔지요. 내 자랑해서 뭣하지만, 목소리 한번 끝내줬어요. 여자로 말하자면 꾀꼬리 같은 목소리라고나 할까. 여자라는 건 목소리에 사족을 쓰지 못한다는 것도 알아야 합니다. 하기야 여자가 사족을 제대로 쓰는 데가 없지…… 순 화냥년들. 여자 속은 하느님 아니면 아무도 모를 거예요. 죄악같이 추하고 절름발이에다 곱사등이라도 목소리 하나만 근사하면 노래로 여자를 돌아 버리게 할 수도 있어요.

나는 살로니카에서 행상 다니면서 터키 인 거주지역으로 들어갔어요. 그런데 내 목소리가 돈 많고 매력 있는 회교도 여자를 홀려 놓은 모양이에요. 파샤(고관)의 딸년인데 그 때문에 잠을 이루지 못했다나, 어쨌다나. 이 여자는 늙은 호자를 하나 불러 손에다 금돈을 넉넉히 주고 이렇게 졸랐더랍니다. '아이고, 죽겠네…… 행상하는 저 이교도異敎徒를 좀 데려다 주세요. 아이고 죽겠네. 그 사람 좀 만나야 해요. 더 이상 참을 수가 없어요.'

호자가 나를 찾아왔습니다. 이렇게 말하더군요. '이것 보게. 이 교도 젊은이, 나랑 가세.' '가다니요, 어디로 데려가시려는 겁니까?' 내가 물었지요. '샘물이 필요한 파샤의 딸이 있다네. 자기 방에서 자네를 기다리고 있네. 가세, 이교도 친구!' 하지만 나도 밤이면 터키 지역에서 기독교도들이 종종 살해된다는 걸 모를 바보는 아니죠. '싫어요, 안 가겠어요.' 내가 대답했어요. 그랬더니 호자 왈. '하느님이 두렵지 않나, 이 이교도 풋내기야?' '내가 뭣 때문에 하느님을 두려워합니까?' '이것 보게, 여자와 잘 수 있는 사내가 자주지 않으면 큰 죄를 짓는 거라네. 여자가 잠자리를 함께 하려고 부르는데 안 가면 자네 영혼은 파멸을 면하지 못해. 여자는 하느님 앞에서 심판을 받을 때도 한숨을 쉴 거고, 자기가 아무리 잘한 일이 많아도 그 한숨 하나면 자네는 지옥행이라네!'"

조르바는 한숨을 쉬고는 말을 이었다.

"……지옥이 있다면, 나는 아마 지옥에 갈 겁니다. 이유는 그것 뿐입지요. 내가 도둑질했거나 사람을 죽였거나 간통을 해서가 아닙니다. 이런 건 아무것도 아니지요. 어느 날 살로니카에서 여자가 같이 자겠다고 기다리는데 안 갔다는 죄목으로 나는 지옥에 떨어질 겁니다."

하지만 조르바의 여성관이 반드시 여성 비하에 머무는 것만은 아니다. 여성에 대한 그의 시선은, 지금의 우리로서는 수용할 수 없을 만큼 거칠고, 생각에 머물 때만 겨우 용서받을 수 있을 정도로 난폭하다. 하지만 뒤집어보면 그것은 따뜻한 시선이기도 하다.

"두목! 혼자 사는 여자에게 불평할 겨를을 안 주었다는 잡놈 같은 신**이 누구라지요? 그 양반 이야기는 좀 들어서 아는데요. 그 양반도 수염을 염색하고 심장에다 문신을 새기고 팔뚝에는 사이렌과 화살을 그려 가지고 다녔다나봐요. 변장도 곧잘 했는데, 들리는 말로는 체면 때문에 황소가 되고 백조가 되고 양이 되고 당나귀도 되었다는군요. 화냥 것들이 원하는 대로 말입니다. 이름이 무엇이었죠?"

"제우스 신※ 이야길 하시나보군. 어쩌다 제우스 생각을 다 하게 되었지요?"

"하느님, 제우스의 영혼을 긍휼히 여기소서! 얼마나 고생이 막심했을까. 아주 애를 먹었을 겁니다. 두목, 그 양반으로 말하자면 위대한 순교자였어요. 당신은 책에 쓰인 것이면 뭐든 꿀꺽꿀꺽 삼킵니다만, 책 쓰는 인간들이 어떤 것들인지 한번 생각해봐요! 퉤 퉤! 기껏해야 학교 선생들이지. 그런 것들이 여자니, 여자 꽁무니를 쫓는 남자 일을 뭐 알겠어요? 개 코도 모르지!"

"그럼 조르바, 당신이 책을 써 보지 그래요? 세상의 신비를 우리에게 설명해 주면 그도 좋은 일 아닌가요?"

내가 비꼬았다.

"못할 것도 없지요. 하지만 못했어요. 이유는 간단해요. 나는 당신의 소위 그 '신비'를 살아 버리느라고 쓸 시간을 못 냈지요. 때로는 전쟁, 때로는 계집, 때로는 술, 때로는 산투리를 살아 버렸어요. 그러니 이런 일들이 펜대 운전사들에게 떨어진 거지요. 인생의 신비를 사는 사람들에겐 시간이 없고, 시간이 있는 사람들은 살 줄을 몰라요. 내 말 무슨 뜻인지 아시겠어요?"

"처음 이야기로 되돌아갑시다. 제우스 이야기가 왜 나왔어요?"

"아, 그 양반⋯⋯ 그 양반의 고민을 알아주는 건 나밖에 없습니

213

다. 그 양반 물론 여자 좋아했지요. 그러나 당신네 펜대잡이들이 생각하는 것과는 차원이 달라요. 다르고말고. 그 양반은 여자들의 고통을 이해하고 그들을 위해 자신을 희생시킨 겁니다. 언젠가 시골 구석을 다니다 이 양반은 욕망과 회한으로 인생을 낭비하고 있는 노처녀, 혹은 아리따운 유부녀를 보았습니다(꼭 아리따운 여자일 필요는 없습니다. 괴물이라도 상관없습니다). 남편은 멀리 떠나고 잠을 이루지 못합니다. 이 양반은 성호를 척 긋고 변장합니다. 여자가 좋아할 모습으로 말입니다. 그러고는 여자 방으로 들어갑니다.

그저 적당하게 애무만 바라는 여자는 상대도 하지 않았어요. 턱도 없지. 녹초가 될 판인데도 최선을 다해주지요. 당신도 무슨 말인지 알 겁니다. 이 암양들을 어떻게 일일이 다 만족시켜요? 오, 제우스, 저 가엾은 숫양, 귀찮은 내색 한 번 하는 법이 없었어요. 좋아서 그 짓 한 것도 아닐 겁니다. 암양을 네댓 마리 해치우고 난 숫양 본 적 있어요? 침을 질질 흘리고 눈깔에는 안개와 눈곱투성입니다. 기침까지 콜록콜록 해대는 꼴을 보면 그거 어디 서 있을 성싶지도 않습니다. 그래요, 저 불쌍한 제우스도 그런 고역을 적잖게 치렀을 겝니다.

그러곤 새벽이면 이렇게 중얼거리며 집으로 돌아왔을 겁니다.

'오, 하느님. 언제면 좀 편히 쉴 수 있을까요? 죽을 지경입니다.'
이러고는 질질 흐르는 침을 닦았을 겁니다.

그때 문득 또 한숨소리가 들립니다. 저 아래 지구 위에서 한 여자가 반라에 가까운 잠옷 바람으로 발코니로 나와 풍차라도 돌릴 듯이 한숨을 쉬고 있는 것입니다. 우리 제우스는 또 불쌍한 생각이 듭니다.

그는 끙 하고 신음을 토해 냅니다. '이런 니기미, 또 내려가야 하게 생겼구나! 신세타령하는 여자가 또 있으니 마땅히 내려가 달래 주어야 할 일!' 이런 짓도 오래 하다 보니 여자들이 제우스를 한 방울도 남김없이 빨아 버리고 맙니다. 꼼짝도 할 수 없게 된 그는 먹은 것을 토하더니 지체가 마비되어 죽어 버립니다. 그의 뒤를 이어 그리스도가 이 땅에 내립니다. 그는 이 제우스의 꼴이 말이 아닌 걸 보고는 가로되. '여자를 조심할지니.'"

나는 조르바의 천진난만한 상상력에 경탄하며 웃음을 터뜨렸다.

"……두목, 당신은 웃을 수 있어서 좋겠소. 신과 악마가 우리가 여기 벌인 일을 제대로 성사시키면(내게는 그게 글쎄 잘될 것 같지 않은 거예요) 나는 가게를 하나 열 참입니다. 무슨 가게일까요! 중매소를 하나 차린단 말입니다. 암…… 중매소지. '제우스 결혼 중매소'. 남편을 맞을 수 없던 불쌍한 여자들에게 기회를 주는 것입니다. 노처녀, 촌여자, 안짱다리, 사팔뜨기, 곱사등이, 절름발이…… 이들을 젊은 이들의 사진이 잔뜩 걸린 라운지로 맞아들이고 이렇게 말합니다.

'자, 골라잡으쇼, 원하는 대로 골라잡으시면 내가 손을 써서 남편으로 맞게 해드리리다.'

그러고는 사진과 비슷한 녀석에게 똑같은 옷을 입히고 돈까지 주면서 이렇게 말합니다.

'〈아무개 마을〉, 〈모모 번지〉에 가면 〈거시기 양〉이 있을 것이니 사랑 한번 떡 벌어지게 해주어라. 싫은 내색을 보이면 안 된다. 그 값은 내가 치르겠다. 자 주고 오너라. 남자가 여자에게 떨 수 있는 아양은 다 떨고 오너라. 이 불쌍한 것은 그런 소리 한 번 못 들어 보고 살아왔느니. 결혼도 하겠다고 해라. 이런 규격 미달도 재미는 좀 봐야지. 암산양이 보고, 자라가 보고, 자네가 보는 재미를 말일세.' 우리 부불리나 나이 또래의 늙은 암컷이 있는데(하느님, 부불리나를 축복하소서) 아무리 돈을 많이 준대도 지원자가 나타나지 않으면, 나 결혼 중매소 소장이 몸소 성호를 긋고 나설 것이구면. 이웃의 멍청한 것들이 이럴 것이오. '저 꼴 좀 보소! 저 늙은것이 보는 눈깔도, 냄새 맡을 코도 없나?'' 오냐, 이 당나귀 새끼들아, 내게 왜 눈깔이 없어? 남의 말이나 좋아하는 이 헛것들아. 코도 있다. 그뿐인가? 내겐 인정도 있어서 그런 계집이 불쌍해 못 견디겠는 거야. 네 놈들에게도 인정이 있다면 눈깔이나 코 같은 건 있으나마나야. 때가 되면 눈깔이나 코 같은 건 허접쓰레기가 될 걸 가지고 멀 그러느냐?'

그러나 오입이 지나쳐 글자 그대로 헛껍데기만 남게 되고, 숨이 넘어가면 천당의 문지기 성 베드로 님이 천당 문을 열어주시면서 이러실 겁니다. '어서 오너라, 조르바, 이 불쌍한 것, 어서 오너라. 조르바, 위대한 순교자여, 가서 네 선배 제우스 옆에 누워 쉬어라. 불쌍한 것, 너는 땅에서 네 몫을 했다. 내 너를 축복하지 않고 어쩌겠느냐!'"

"……두목, 나를 용서해 주셔야겠소. 아무래도 나는 우리 알렉시스 할아버지와 비슷하단 말이오.(하느님께서 그의 유택을 지켜주시기를)! 할아버지는 백 살 되던 해에도 문 앞에 앉아 우물로 물 길으러 가는 처녀아이들에게 추파를 던지고는 했지요. 그러나 시력이 좋지 않아 똑똑히 볼 수가 없었지요. 그래서 처녀아이들을 가까이 오라고 불렀지요. '어디 보자, 네가 누구더라?'

'마스트란도니 집 딸 크제니오예요.' '가까이 오너라. 어디 좀 만져 보자. 오래두. 겁낼 것 없느니라!'

처녀아이는 엄숙한 얼굴을 하고 앞으로 다가갑니다. 그러면 우리 할아버지는 손을 들어 천천히, 그리고 아주 육감적으로 얼굴을 쓰다듬지요. 그럴라치면 그의 두 눈에서 눈물이 주르르 흘러내린답니다. '할아버지, 왜 우세요?' 내가 언제 할아버지께 여쭈어봤지요.

'얘야, 내가 저렇게 많은 계집아이들을 남겨 놓고 죽어가는데 울지 않게 생겼니?'

217

후유…… 불쌍한 우리 할아버지! 내가 할아버지 말씀에 얼마나 공감하는지 아시오? 나는 이따금씩 이렇게 한탄하지요.

'이런 제길할. 참한 계집들이 내 죽을 때 따라 죽어주면 얼마나 좋을까!' 나는 죽어가는 데도 화냥년들은 죽지 않고 살아갑니다. 그것들은 여전히 뜨끈뜨끈하게 재미 보고, 사내들은 그런 것들을 끼고 주물럭거리는데 나는 그것들이 밟고 다닐 흙이 되고 있으니 이게 보통 속상하는 일인가요!"

카잔차키스의 오랜 영혼의 편력과 종교적 투쟁은, 그리스도를 '온몸으로 대극을 초월한 전형적인 자유인, 의지의 힘으로 물질로부터 승리를 얻어낸 초인'으로 승인하게 될 때까지 계속된다. 그리스도에 대한 지극히 독창적인 해석은 그리스정교회와 교황청의 노여움을 사게 되고, 1953년 그리스정교회가 『미칼레스 대장』『최후의 유혹』『그리스인 조르바』가 신성을 모독한 작품이라는 이유로 작가를 파문하려 했을 때, 교황청이 『최후의 유혹』을 금서로 지정했을 때 그는 교황 앞으로 편지를 쓴다.

"하느님의 법정에 항소하리다. 주님, 당신의 법정에 항소합니다."

종교에 대한 필경은 카잔차키스의 생각이었을 터인, 조르바의 다음과 같은 생각이 조직 종교의 삼엄한 교리로서는 용인하기 어려웠을 터이다.

"……할배 역시 나와 똑같은 난봉꾼이었지요. 그러나 이 늙은 난봉꾼께서는 성지를 순례하시고 하지가 되었답니다. 이유야 누가 압니까?"

"할배가 돌아오시자, 평생 좋은 일 한 토막 해본 적이 있기는커녕, 알아주는 염소 도둑인 옛 친구 한 분이 그러셨다나. '그래, 이 친구야, 성지를 다녀왔으니 내 몫으로 성스러운 십자가 한 조각이라도 뜯어 왔으렷다?' 할배 왈. '이 사람아, 우리가 어떤 사이라고 빈손으로 오겠나. 오늘 밤 우리 집으로 오되 신부님도 모시고 오게나. 내가 자네에게 이 성스러운 물건을 건넬 때 함께 축복해주시도록 말일세. 그리고 애저구이 한 마리랑 포도주도 한 통 가져오게. 그래야 재수가 있다네.' 그날 밤 할배는 집으로 오셔서 벌레 먹은 문설주에서 나무를 조금 떼어냈어요. 쌀알 하나보다 크지는 않았습니다. 할배는 이걸 보드라운 천 조각에 싸시더니 기름을 한두 방울 떨어뜨리고는 기다렸습니다. 얼마 후 문제의 사나이가 애저구이와 포도주를 들고 신부님과 함께 왔습니다. 신부님은 스톨라를 꺼내 입으시고 축복했습니다. 할배는 이 귀한 나무조각의 양도 의식을 턱하니 치른 뒤에 애저구이를 뜯기 시작했습니다. 거짓말이 아닙니다, 두목. 문제의 사나이는 이 귀한 나무조각 앞에 엎드려 절을 하고는 끈으로 꿰어 목에다 걸었습니다. 그러고는 그날부터 영 다른 사람이 되어버린 것입니다. 사람이 싹 달라진 것입니다. 그는 산으로 들어가 아르마톨과 클레프트 산적 떼에 가담하여 터키 마을을 불태우는 데 일익을 맡았습니다. 뿐입니까? 겁 없이 총탄의 소나기 속을 누볐습니다. 무서워할 까닭이 없지 않습니까? 성지에서 가져온 거룩한 십자가 쪼가리를 턱 목에다 걸고 있는데 총알인들 그를 다치게 할 수야 있겠습니까?"

조르바는 껄껄 웃었다.

"……만사는 마음먹기 나름입니다." 그가 조금 뜸을 들이고는 말을 계속했다.

"……믿음이 있습니까? 그럼 낡은 문설주에서 떼어낸 나무조각도 성물聖物이 될 수 있습니다. 믿음이 없나요? 그럼 거룩한 십자가도 그런 사람에겐 문설주나 다름이 없습니다."

나는 뇌의 기능이 더할 나위 없이 거칠고 대담한, 정신은 누군가가 건드릴 때마다 불이 되어 타오르는 이 사나이에게 경탄하지 않을 수 없었다.

조르바는, 복잡한 사유의 의미망으로 생각을 구축하는 대신 쾌도난마하는 기세로 삶을 직면한다. 그가 화자에게 "당신은 읽고 쓰느라고 살지 못했다."고 말할 수 있는 것은 이 때문이다. 화자가 삶을 사유하고 고구할 동안 조르바는 '지금, 여기'를 평상심으로 산다.

"두목, 내 생각을 말씀드리겠는데, 부디 화는 내지 마시오. 당신 책을 한 무더기 쌓아 놓고 불이나 확 싸질러 버리쇼. 그러고 나면 누가 압니까. 당신이 바보를 면할지. 당신은 괜찮은 사람이니까……우리가 당신을 제대로 만들어 놓을 수 있을지도 모르겠군요."

나는 속으로 나 자신에게 소리쳤다.

('조르바 말이 옳아! 옳고말고. 하지만 나는 그럴 수가 없어.')

어느 날 저녁에 우리는 이런 이야기를 나눈 적이 있었다.

"일할 때는 말 걸지 마슈! 뚝 부러질 것 같으니까."

"부러지다니, 조르바, 그게 무슨 말이오?"

"또, '무슨 뜻이냐, 왜 그러냐' 하시는군. 꼭 애들같이! 그걸 내가 무슨 수로 설명해요? 나는 일에 몸을 빼앗기면, 머리꼭지부터 발끝까지가 잔뜩 긴장하여 이게 돌이 되고 석탄이 되고 산투리가 되어 버린단 말입니다. 두목이 갑자기 내 몸을 건드리거나 말을 걸면 돌아봐야죠? 그럼 꼭 부러져 버릴 것 같다는 말입니다. 이제 아시겠어요?"

"몇 시간을 찾았어요. 이런 데 계실 줄 누가 알았겠어요?"

내가 아무 대꾸도 않자 그가 말을 계속했다.

"……참 잘하는 짓입니다. 정오가 지났어요. 닭 요리를 하고 있는데 이러다 아주 다 바스라지고 말겠어요. 몰라서 이러고 있어요?"

"알지요. 하지만 난 별로 시장하지 않아요."

조르바가 자기 넓적다리를 탁 치더니 갑자기 떠들어대기 시작했다.

"시장하지 않으시다…… 하지만 아침부터 아무것도 안 들지 않았어요? 육체에는 영혼이란 게 있습니다. 그걸 가엾게 여겨야지요. 두목, 육체에 먹을 걸 좀 줘요. 뭘 좀 먹이셔야지. 아시겠어요? 육체란 짐을 진 짐승과 같아요. 육체를 먹이지 않으면 언젠가는 길바닥에다 영혼을 팽개치고 말 거라고요."

"자, 내 말에 반박하지 못한다고 너무 꽁하게 생각하지 맙시다. 우리 딴 이야기합시다. 지금 나는 닭고기와 계피 뿌린 육반^{肉飯}을 생

222

각하고 있어요. 내 머릿속은 갓 쪄낸 육반처럼 김이 무럭무럭 납니다. 먼저 먹읍시다. 먼저 배를 채워 놓고 그다음에 생각해 봅시다. 모든 게 때가 있는 법이지요. 지금 우리 앞에 있는 건 육반입니다. 우리 마음이 육반이 되게 해야 합니다. 내일이면 갈탄광이 우리 앞에 있을 것입니다. 그때 우리 마음은 갈탄광이 되어야 합니다. 어정쩡하다 보면 아무 짓도 못 하지요."

"새 길을 닦으려면 새 계획을 세워야지요. 나는 어제 일어난 일은 생각 안 합니다. 내일 일어날 일을 자문하지도 않아요. 내게 중요한 것은 오늘, 이 순간에 일어나는 일입니다. 나는 자신에게 묻지요. '조르바, 지금 이 순간에 자네 뭐 하는가?' '잠자고 있네.' '그럼 잘 자게.' '조르바, 지금 이 순간에 자네 뭐 하는가?' '일하고 있네.' '잘해보게.' '조르바, 자네 지금 이 순간에 뭐 하는가?' '여자에게 키스하고 있네.' '조르바, 잘해 보게. 키스할 동안 딴 일일랑 잊어버리게. 이 세상에는 아무것도 없네. 자네와 그 여자밖에는. 키스나 실컷 하게.'"

카잔차키스는 조르바에 대해 "나날이 삶에다 처녀성을 부여하는 자"라고 쓴 적이 있다. 예순 살을 훌쩍 넘겼지만 조르바는 날마다 새 세상을 산다. 그런 조르바를 카잔차키스는 이렇게 그리고 있다.

우리에게 버릇들게 된 것들, 예사로 보아 넘기는 사실들도 조르바 앞에서는 무서운 수수께끼로 떠오른다. 지나가는 여자를 봐도 그는 말을 멈추고 큰일이나 난 듯이 말한다.

"대체 저 신비의 정체는 무엇일까요?"

그는 묻고 또 묻는다.

"……여자란 무엇인가요? 왜 이렇게 고개를 갸웃거리게 하지요? 말해 보시오, 나는 저 여자란 것의 의미가 무엇인지 묻고 있는 거요."

그는 남자나, 꽃 핀 나무, 냉수 한 컵을 보고도 똑같이 놀라며 자신에게 묻는다. 조르바는 모든 사물을 매일 처음 보는 듯이 대하는 것이다.

전날 우리 둘은 오두막 앞에 앉아 있었다. 포도주 한 잔이 돌았을 때 그가 놀란 듯이 나를 돌아다보았다.

"두목, 이 빨간 물이 대체 뭐요? 말해봐요. 늙은 가지에 새 가지가 뻗으면 처음엔 아무것도 없지요. 그리고 거기 처음에 달리는 건

쓰디쓴 열매뿐이지요. 시간이 지나고 태양이 이 열매를 익히면 마침내 꿀처럼 달콤한 물건이 되지요. 이게 포도라고 하는 겁니다. 이 포도를 짓이겨, 우리가 술고래 성 요한의 날 열어보면, 아! 포도주가 되어 있지 뭡니까. 이런 기적 같은 일이 또 어디 있겠어요! 빨간 물을 마시면, 오, 보라, 간덩이가 몸이 주체할 수 없을 만큼 커지고, 하느님께 시비를 겁니다. 두목, 말해봐요. 대체 어째서 이런 일이 일어나는 거지요!"

나는 대답하지 않았다. 나는 조르바의 말을 들으면서, 세상이 다시 태초의 신선한 활기를 되찾고 있는 기분이었다. 지겨운 일상사가 우리가 하느님의 손길을 떠나던 최초의 모습을 되찾는 것이었다. 물, 여자, 별, 빵이 신비스러운 원시의 모습으로 되돌아가고 태초의 회오리바람이 다시 한번 대기를 휘젓는 것이었다.

이 때문에 나는 매일 밤 조약돌 위에 누워 조르바를 애타게 기다렸다.

글을 쓸 때면 이 무식한 일꾼은 펜을 무지막지하게 부러뜨린다. 원숭이 껍질을 처음으로 벗긴 원시인처럼, 아니면 위대한 철학자처럼 그는 인간의 원초적인 문제에 지배당한다. 조르바는 이들 문제를 목전의 급한 필요로 인식하는 것이다. 어린아이처럼 그는 모든

사물과 생소하게 만난다. 그는 영원히 놀라고, 왜, 어째서 하고 캐
묻는다. 만사가 그에게는 기적으로 온다. 아침마다 눈을 뜨면서 나
무와 바다와 돌과 새를 보고도 그는 놀란다. 그는 소리친다.

"이 기적은 도대체 무엇이지요? 이 신비가 무엇이란 말입니까?
나무, 바다, 돌, 그리고 새의 신비는?"

둘이서 마을로 들어가면서 노새를 몰고 가는 조그만 노인을 만
났던 일이 있다. 노새를 바라보는 조르바의 눈이 휘둥그레졌다. 눈
빛이 어찌나 강렬했던지 농부는 그만 질겁을 하고 소리쳤다.

"아이고 노형! 제발 그런 악마 같은 눈길은 하지 마시오!"

노인은 이렇게 말하며 성호를 그었다.

나는 조르바를 돌아다보았다.

"어쨌길래 저 노인이 기겁을 하고 소리를 지른 겁니까?"

"나요? 내가 뭘 어쨌게요? 노새를 바라보고 있었던 것뿐인데.
놀랍지 않소, 두목?"

"무엇이요?"

"글쎄요…… 이 세상에 노새 같은 게 산다는 사실 말이오!"

또 하루는 내가 바닷가에서 다리를 뻗고 책을 읽고 있는데 조르
바가 다가와 내 맞은편에 앉아 산투리를 무릎 위에 올리고 켜기 시

226

작했다. 나는 눈을 들어 그를 바라보았다. 차츰 표정이 바뀌었다. 곧 야성의 환희에 휘둘린 기미가 역력했다. 그는 긴 목을 뽑고 노래를 부르기 시작했다.

마케도니아의 노래, 산적 클레프트의 노래, 그리고 악다구니…… 인간의 목은 선사**의 야성을 되찾았다. 오늘날 우리가 시, 음악, 사상이라고 이름한 정서의 복합체가 '아크! 아크!' 따위의 절규로 터져 나왔다.

그때 내 뒤로 행복에 겨운 목소리가 들렸다. 조르바가 일어나 반라의 몸으로 문께로 나선 것이었다. 그 역시 봄 풍경에 화들짝 놀란 모양이었다.

"저게 무엇이오?"

그가 놀라도 크게 놀라면서 물었다.

"두목, 저기 저 건너 가슴을 뭉클거리게 하는 파란 색깔, 저 기적이 무엇이오? 당신은 저 기적을 뭐라고 부르지요? 바다? 바다? 꽃으로 된 초록빛 앞치마를 입고 있는 저것은? 대지라고 그러오? 이걸 만든 예술가는 누구지요? 두목, 내 맹세코 말하지만, 내가 이런 걸 보는 건 처음이오!"

그의 눈에서는 눈물이 흐르고 있었다.

내가 그를 불렀다.

"조르바, 혹 돌아 버린 건 아닌가요?"

"무얼 비웃고 있어요? 당신 눈에는 안 보이는가요? 두목, 봐요. 저 모든 기적 뒤에 도사리고 있는 마술을 말이오."

그는 밖으로 달려 나와 봄철 망아지처럼 풀밭을 구르고 춤을 추었다.

카잔차키스는 『그리스인에게 고함』에서 실존 인물 조르바에 대해 이렇게 쓰고 있다.

"……힌두교도들은 '구루師父'라고 부르고 수도승들은 '아버지'라고 부르는 삶의 길잡이를 한 사람 선택해야 했다면 나는 틀림없이 조르바를 택했을 것이다…… 주린 영혼을 채우기 위해 오랜 세월 책으로부터 빨아들인 영양분의 질량과, 겨우 몇 달 사이에 조르바로부터 느낀 자유의 질량을 돌이켜볼 때마다 책으로 보낸 세월이 억울해서 나는 격분과 마음의 쓰라림을 견디지 못한다. 둘이서 벌인 사업이 거덜난 날 우리는 해변에 마주 앉았다. 조르바는 숨이 막혔던지 벌떡 일어나 춤을 추었다. 그는 중력에 저항이라도 하는 듯이 펄쩍펄쩍 뛰어오르면서 소리를 질렀다.

'주여, 작고하신 우리 사업을 보우하소서. 오, 마침내 거덜났도다!'"

바로 이 대목이 저 유명한 영화 〈조르바〉에서 조르바로 나온 앤서니 퀸이, 사업체를 들어먹고 해변에서 춤을 추는 장면이다.

카잔차키스의 이름을 세계적인 작가의 반열에 올려놓은 이 작품을 이해하기 위해서는 그의 인생과 작품의 핵심에 위치하는 노른자위 개념이자 그가 지향하던 궁극적인 가치의 하나인 '메토이소노聖化'를 이해할 필요가 있다. '메토이소노'는 '거룩하게 되기'이다. 보이는 것과 보이지 않는 것, 육체와 영혼, 물질과 정신의 임계상태 저 너머에서 일어나는 변화, 이것이 '메토이소노'다. 물리적·화학적 변화 너머에 존재하는 변화, '거룩하게 되기'가 바로 이것이다. 포도가 포도즙이 되는 것은 물리적인 변화다. 포도즙이 마침내 포도주가 되는 것은 화학적인 변화다. 포도주가 사랑이 되고, '성체聖體'가 되는 것, 이것이 바로 '메토이소노'다.

사업이 거덜난 날, 거칠 것이 없는 자유인 조르바는 바닷가에서 춤을 추었다. 그 춤을 두고, 책상물림 카잔차키스는 이렇게 말한 일이 있다.

"보라, 조르바는 사업체 하나를 '춤'으로 변화시켰다. 이것이 바로 '메토이소노(거룩하게 되기)'이다. 나는 조르바라고 하는 위대한 자유인을 겨우 책 한 권으로 변화시켰을 뿐이다."

카잔차키스는 두 차례에 걸쳐 노벨문학상 후보로 지명되나 1951년에는 스웨덴 라게르크비스트에게, 1956년에는 스페인의 시인 히메네스에게 영광을 물린다. 영국의 문예비평가 콜린 윌슨은 다음과 같이 쓴 적이 있다.

"그가 그리스인이라는 것은 비극이다. 이름이 '카잔초프스키'였고, 러시아어로 작품을 썼더라면, 그는 톨스토이, 도스토옙스키와 어깨를 나란히 할 수 있었을 것이다."

1957년 독일에서 이승을 떠난 그의 유해는 아테네로 돌아왔다. 그리스정교회는 저희 손으로 파문한 카잔차키스의 아테네 매장을 허락하지 않았다. 유해는 그의 고향인 크레타의 이라클레이온으로 실려가 그리스신화의 거인을 연상시키는 한 거인의 품에 안겨 무덤으로 내려갔다.

나무 십자가 아래 새겨진 묘비명이 가슴을 친다.

나는 아무것도 바라지 않는다.

나는 아무것도 두려워하지 않는다.

나는 자유이므로…….

니코스, 터키를 함부로 말하지 마세요

나는 그리스의 작가 니코스 카잔차키스를 사랑한다. 나는 그가
쓴 불후의 명작 소설 『그리스인 조르바』와 『미칼레스 대장』의
한국어판 번역자이기도 하고, 『예수 다시 십자가에 못박히다』
와 자서전 『그리스인에게 고함』의 애독자이기도 하다. 나는 다
음과 같이 그를 찬양한 적도 있다.

"일정한 도덕률의 틀 속에서 온전하게 제 몫의 삶 누리기를
마다하고 떠돌이 앞소리꾼이 되어 영혼의 자유를 외치던 거인,
자기 내부에 잠재하는 인간으로서의 가능성을 극한에 이르기
까지 드높이고, 그 드높이는 과정에서 조우하는 사람들의 모습
에 문학적 표정을 부여하는, 참으로 초인적인 작업을 시도한

거인이 있다. 신을 통하여 구원을 받을 것이 아니라 우리가 신을 구원해야 한다고 주장한 니코스 카잔차키스가 바로 그 사람이다. 그의 문학은 존재와의 거대한 싸움터, 한두 마디로는 싸잡아서 정의할 수 없는 광활한 대륙을 떠올리게 한다."

카잔차키스는 1883년 그리스의 크레타섬에서 태어났다. 우리나라 사정에 견주자면 크레타는 제주도쯤에 해당한다. 따라서 그는 당연히 그리스인이다. 그러나 그리스 사람인데도 불구하고 청년 시절의 그는 크레타인으로 자칭하기를 좋아했다. 그리스 본토와는 달리 이 크레타섬만이 그가 태어날 당시까지도 터키의 지배 아래 있었기 때문이다. 카잔차키스의 터키는 우리의 일본에 해당한다. 일제 치하 우리나라 지식인들에게 그랬듯이 터키의 압제 아래 있던 크레타는, 삶에 대한 그의 비극적인 인식의 출발점이다. 3단계에 이르는 그의 투쟁과 각성은 삶에 대한 이 비극적인 인식에서 출발한다. 터키로부터의 독립전쟁에서 참담한 피난 생활을 경험하고 사춘기에 이르렀던 그는 인류의 보편적 자유와 자기해방에 대한 목마름을 3단계의 투쟁으로 요약해낸다. 이것이 바로 그가 세우게 되는 삶의 3단계 투쟁 계획이다.

"압제자 터키로부터 해방을 쟁취하기 위한 1단계 투쟁, 우리 내부의 터키라고 할 수 있는 무지, 악의, 공포 같은 형이상학적 추상으로부터 해방을 쟁취하기 위한 2단계 투쟁, 그리고 우상이라고 일컬어지는 것, 우리가 섬기는 중에 우상이 되어버린 것들로부터 해방을 쟁취하기 위한 3단계 투쟁……."

제1단계 투쟁은 크레타가 터키로부터 해방되는 순간에 완료된다. 그러나 그 이후로도 크레타와 터키는 그의 염두를 떠나지 않는다. 그에게는 온 세상이 크레타와 터키였던 것이다. 따라서 그가 '크레타와 터키'라고 한 것은 고뇌와 고통을 느끼게 하는 대상이자 인간을 물리적으로 압제하는 모든 것의 상징이지 크레타와 터키 그 자체에 그치는 것이 아니다. 이 '크레타와 터키'는 그가 투쟁의 양식을 바꾸는 데 따라 '부정적인 것'과 '긍정적인 것'이 되기도 하고, '정신과 물질'이 되기도 하고 경우에 따라서는 '영혼과 육체' '성스러운 것과 속된 것'이 되기도 한다.

카잔차키스에게 '부정적인 것' '물리적 압제' '속된 것'의 상징이었던 터키를 다녀왔다. 지금, 그리스 땅으로 몰려와 천막을 의지하는 삶으로 터키의 압제에 항의하고 있는 쿠르드족에게 터키는 여전히 그런 땅일 터이다. 그러나 터키는 온갖 부정적인 것들의 상징인 것만은 아니었다. 크레타 사람 카잔차키스가 증오하던 땅, 쿠르드족 지도자 오잘란이 증오하고 있는 땅인 것만은 아니었다. 터키는, 동양과 서양이 만나는 땅, 기독교와 회교가 만나는 땅, 서로 모순되는 온갖 것들을 만나게 하고, 상대적으로 부정적인 것들을 화해시키는, 문화의 거대한 용광로였다. 터키는 부정적인 것의 상징도 물리적인 압제의 상징도, 우리가 함부로 말할 수 있는 땅도 아니었다. 카잔차키스가 그토록 사랑하여 마지않던 크레타섬도 다녀왔다. 내가, 긴 여행의 종착지 크레타 섬에서 카잔차키스의 무덤에 술을 붓고 절을 하는 순간은, 카잔차키스가 그토록 증오하던 터키와 화해하는 순간, 나의 터키와 나의 카잔차키스가 화해하는 순간, 새 화두가 하나 떠오르는 순간이기도 했다.

"니코스, 터키를 함부로 말하지 마세요. 공부하는 데 마〻 없기를 바라지 마세요."

지금의 작가는 옛날 작가와 똑같지요

'지금 작가란 무엇인가'라는 물음에 답함

조용한 공원이다. 한 중년 사내가 그 조용한 공원 벤치에 앉아 있다. 중년 사내 앞에는 갓 걸음마를 시작한 아이가 버둥버둥 걷고 있다. 그 나이의 아이가 으레 그렇듯이, 그 아이 역시 몸피에 견주어 머리가 크다. 무게 중심이 위에 있어서 부실한 하체로 시도하는 걸음마가 매우 불안하다. 중년 사내는 그 아이를 관찰하고 있다. 중년 사내가 앉아 있는 벤치 옆의 또 다른 벤치에 또 한 사내가 앉아 있다. 그는 중년 사내보다 젊다. 젊은 사내는, 아이를 관찰하고 있는 중년 사내를 관찰하고 있다.

힘겹게 걷던 아이가 한 곳을 응시한다. 응시하면서 걷는다. 하지만 걸음마를 겨우 시작하는 아이에게, 시선을 한곳에 모으고 걷기란 쉽지 않다. 아이는 균형을 잃고 버둥거리다 제 머리 무게를 이기지 못하고 앞으로 고꾸라진다. 아이는, 고꾸라진 채로 몸을 한 차례 굴리고는 울음을 터뜨린다. 아이를 관찰하고 있던 중년 사내가 자리를 박차고 일어설 법한 상황이다. 하지만 중년 사내는 꼼짝도 하지 않는다. 중년 사내를 관찰하고 있던 젊은 사내 역시 꼼짝도 하지 않는다. 아이는 엎드린 채 울면서 앞쪽을 보려고 한다. 하지만 아이는 무거운 머리를 들어 올리지 못한다. 그래서 곁눈질로 벤치 쪽을 본다. 하지만 두 사내는 꼼짝도 하지 않는다. 울면서 기다리던 아이는 제힘으로 일어난다. 무릎이 까져 피가 흐른다. 무릎이 까진 아이 울음소리가 공원의 정적을 깨뜨린다. 아이 어머니가 달려온다. 그러니까, 아이는 저에게 다가오는 제 어머니에게 시선을 모으고 있다가 균형을 잃고 고꾸라졌기가 쉽다. 어머니는 손수건을 꺼내어 아이 무릎에서 흐르는 피를 닦는다. 닦으면서, 아이를 관찰하던 중년 사내와, 중년 사내를 관찰하던 젊은 사내에게 원망이 섞인 눈길을 던진다. 그러고는 흐느낌으로 울음을 마무리하는 아이를 데리고 공원을 나선다. 공원은 다시 정적에 휩싸인다…….

어린 시절에 읽은 글인데요, 이 중년 신사의 이름을 나는 기억하지 못하겠어요. 꽤 이름 있는 영미※※ 작가였다는 것밖에는 도

무지 기억해내지 못하겠어요. 젊은 사내는 신문기자, 문학잡지 기자, 혹은 그 중년 작가를 선망하던 젊은 작가였던 것 같아요. 내가 읽은, 내용이 위와 같은 글은 바로 그 젊은 사내의 관점에서 씌어졌던 것으로 기억해요. 그는 처음에는, 아이가 앞으로 고꾸라진 것에 아랑곳하지 않고 아이를 관찰하던 그 중년 작가의 태도를 당혹스럽게 여겼던 것 같아요. 당신 말이야, 글 쓰는 사람이 말이야…… 이러기 쉽지요. 하지만 그가 쓴, 내용이 위와 같은, 글은 중년 작가의 태도에 대한 또 한 차례의 경탄과 함께 끝나더라는 것, 그것 하나는 또렷하게 기억합니다.

나는 그 중년 사내와 비슷한 작가가 되고 싶었는데, 이 희망은 아직도 유효합니다.

'지금 작가란 무엇'이냐고요? '옛날에 작가란 무엇이었는가'라는 질문에 대한 대답과 똑같아요.

호메로스를 아시지요? 그리스 이곳저곳에 흩어져 있던 신화를 긁어모으고, 이것을 상상력으로 버무려 저 만고의 명작 『일리아스』(일리온, 즉 트로이아전쟁 이야기)와 『오디세이아』(오디세우스가 지중해를 떠돈 이야기)를 쓴, 좋게 말하면 위대한 상상력의 소유자, 나쁘게 말하면 희대의 허풍쟁이지요. 『일리아스』(영어로는 『일리아드』)는, 잘 아시겠지만, 여인네들 때문에 일어난 전쟁으로 트로이아라는 나라가 근 10년 만에 결딴이 나기까지의 과정을 그린 이야기, 『오디세이아』는 트로이아전쟁 영웅 오디세우스가 만고풍상을 겪으면서, 근 10년 만에 고향 이타카로 돌아가기까지의 과정을 그린 이야기입니다. 그런데 바로 이 『오디세이아』에, '지금 작가란 무엇인가'라는 질문에 대한 대답이 들어 있다고 나는 봅니다.

호메로스의 허풍을 좀 볼까요? 지중해를 떠돌던 오디세우스가 파이아케스인들이 사는 나라에 이른 것은, 모진 풍랑에 어찌나 시달렸던지 그만 기억을 상실하고 만 직후였어요. 그래서 오디세우스는, 당신은 누구이며, 어디에서 왔느냐는 그 나라 왕 알키노스의 질문에 대답하지 못합니다. 그런데 알키노스 왕의 궁전에는 데모도코스라는 음유시인이 있었답니다. 장님이었던 것으로 알려져 있는 호메로스를 좀 보세요. 그는 이 음유시인을 이렇게 노래하고 있어요.

무사이(뮤즈) 여신들로부터
복福과 화禍를 한꺼번에 얻은 사람.

무사이 여신들이 이 사내의 시력을 빼앗고,

천상의 노래를 부르는 재주를 주었으니.

데모도코스 역시 장님이었어요. 그 장님이 오디세우스 앞에서, 오디세우스가 10년 전에 잿더미로 만든 트로이아성을 노래했어요. 당시 입에서 입으로 전해지던, 오디세우스 자신이 만들었던 저 트로이아의 목마*馬 이야기, 트로이아 함락 당시의 저 참상과 장수들의 눈부신 활약상을 감동적으로 노래한 것이지요. 그러니까 오디세우스 이야기는, 당사자인 오디세우스보다 먼저 그 나라로 흘러들어와 있었던 것이지요. 좌중은 물을 끼얹은 듯이 조용했다지요. 오디세우스만은 그때 일을 생각하고, 말하자면 기억력을 되찾고는 자기도 모르는 사이에 눈물을 흘렸다고 합니다. 알키노스 왕은 데모도코스의 노래가 끝나자, 트로이아전쟁을 노래하는데 당신이 왜 눈물을 흘리냐고 오디세우스에게 물었지요. 오디세우스는 그제야, 내가 바로 저 데모도코스가 노래하던 바로 그 오디세우스올시다, 하고 말하지요. 절묘하지 않은가요? 장님 호메로스가 트로이아에서, 그리고 오디세우스에게 일어났던 일을 본 듯이 노래하고, 그 장님이 또 하나의 장님 데모도코스를 등장시켜, 호메로스의 노래를 이용해서 오디세우스의 잃어버린 기억을 되찾게 해주는 것이 절묘하지 않은가요? 호메로스는 데모도코스를 등장시킴으로써 자신의 허풍을 기정사실로 만드는 논리의 빗장 지르기를 하고 있지 않은가요? 하지만 세월이 흐르고 보니 어떻게 되었어요? 호메로스가 쓴 것으로 알려지고 있는 두 권의 책이 고대 신화의 텍스트가 되고 말았어요. 말하자면 그는 헛소문을 기정사실로 만든 사람인 것이지요. 그러니까 작가는 허구를 사실로 만드는 사람이지요.

너는 결코 호메로스 같은 작가는 될 수 없는 것인가, 이런 질문이 늘 나를 괴롭힙니다.

허투루 보아넘기지 말아야 할 게 이 대목에 또 있어요. 호메로스는 글말^{文語} 문화의 종사자, 데모도코스는 입말^{文語} 문화의 종사자입니다. 문자가 만들어지고 처음으로 기록되던 당시의 입말 문화에 대해, 글말 문화는 하나의 배반이었어요. 하지만 그리스 언어문화의 모양새가 입말에서 글말로 옮겨온 지 어언 2800년인데도 아직 그리스에서는, 입말 문화의 '판소리 여섯 마당'이라고 할 수 있는 '호메로스 송창^{誦唱} 콘테스트'가 열린답니다. 그리스판 '전주대사습'인 것이지요.

241

호메로스와 헤시오도스와 헤로도토스는 글말의 문화를 열지요. 호메로스의 『일리아스』『오디세이아』, 헤시오도스의 『일과 세월』, 헤로도토스의 『역사』는 글말 문화의 꽃이었어요. 하지만 그리스도교 초기에 들어오면, 이 헬레니즘의 글말은 헤브라이즘에서 꽃을 피우지 못합니다. 헤브라이즘 문화권에, 헬레니즘의 글말 문화는 너무 생소한 것이었지요. 그래서 꽃피는 것이 초대교회의 이코노그래피圖像文化입니다. 헬라스(그리스)의 글말 문화를 알지 못하는 무식한 대중을 위해서 부활한, 그리스의 그리기 문화, 새기기 문화가 바로 오늘날 우리가 아는 이코노그래피聖畵의 이미지 문화입니다. 이코노그래피는 오랜 세월 활자 문화의 삽화로 봉사하기도 하고 독자적인 길을 걷기도 했어요. 이 둘은 상호 보완관계에 있는 것이지 배타적인 것이 아니에요.

'지금 작가란 무엇인가?'라는 질문이 제기된 까닭을 나는 알고 있어요. 이 질문에는, 21세기의 새로운 이코노그래피 문화가 유구한 글말 문화의 전통을 드난살이로 전락시킬 것을 위태롭게 여기어 마지않는, 걱정스러운 전망이 바닥에 깔려 있어요. 나는 그렇게 안 봐요. 보세요. 글말 문화의 거장 호메로스가 입말 문화의 전통인 데모도코스를 찬양하고 있지 않은가요?

초대교회의 이코노그래피 문화는 글말 문화에 대한 하나의 '비아그라Vigra' 노릇을 하지 않았던가요? 이코노그래피가 글말 문화를 위축deviagrate시킨 것이 아니라 발기viagrate시키지 않았는가요? 나는 우리나라의 작가 중에, 글말의 문화가 이미지 문화에 주눅이 들어 발기부전이 될 때까지, 그만큼 오래 살 작가는 없으리라고 봐요. 그래서 '지금의 작가'는 '옛날의 작가'와 똑같다고 보는 거지요.

문제는, 지금 작가의 글쓰기와 관련된 것인데요.

5년 전에 세 권으로 된 장편소설을 펴내었어요. 대학 시절에 만난 한 여자와의, 30여 년간에 걸친 악연 끝에 마침내 화해하게 되는, 그리고 마침내, 잣아서 불화하던 세상과도 화해하게 되는 한 독행자獨行者 이야기였어요. 그 소설이 출판된 직후, 내 아내는 가까이 지내는 독자들로부터 시달리면서 마음고생을 했다고 하네요? 내 아내는 소설의 화자 '나'가 말하는 여성과 나이 차가 많이 납니다. 화자인 '나'의 아들과, 내 아들의 나이도 근 열 살이나 차이가 납니다. 그래서 아내는, 당신 남편의 '아내'라는 여성은 지금 어디에서 살고 있나요, 이런 질문을 받는다고 해요. 어떤 사람은 은근한 목소리로 나에게, 소설에 나

243

오는 큰아들은 어디에 있느냐고 묻기도 합니다.

3년 전에는 연작소설에다 '대구 근교에 사는 일모 선생'이라는 분을 등장시킨 적이 있습니다. 화자의 중학교 시절 은사였어요. 한 신문사에서 '작가의 고향을 찾아서', 뭐 이런 고정란이 있다면서, 나에게 당신 고향 사진 좀 찍자고 하더군요. 몇 차례 거절하다가 결국 신문사 사진기자와 동행하게 되었어요. 그런데 그 사진기자는 엉뚱하게도 내게 이러는 겁니다.

"고향 가시는 김에 '일모 선생'도 뵙고, 사진도 좀 찍고 싶습니다."

일모 선생을 실존 인물인 줄 알고 말이지요.

"화가에게 참으로 영광스러운 것은, 그가 그려서 벽에다 걸어둔 생선 요리 접시를 향해 개들이 팔짝팔짝 뛰어오르는 사태事態다."

그리스의 옛말입니다. 고대 그리스인들은, 생선을 식별하는 개들의 감각은 시각이 아니라 후각이라는 사실을 알지 못했던 모양이지요? 말이 그렇다는 것이지 나는 독자를 개에 견주고 있는 것은 아니에요. 하지만 이런 식으로 생각하자면 나는 그런 독자들의 오해를 영광스럽게 여겨야 하겠네요?

독자들이, 작가가 지어낸 세계와 작가 자신의 세계를 혼동하는 사태, 그런 사태에 감동하거나 영광스럽게 여기는 게 이제 나는 싫습니다.

작가는 줄 고르고 퉁기는 사람, 독자는 울고 울리는 사람이 되면 좋을 텐데요.

다음은, 연하의 친구가 내는 소설집 독후소감의 일부인데요. 곱씹고 싶다는 유혹을 떨칠 수가 없네요. 내가 만일 지금 글의 세계에 입문해 있다면, 그것은 두 가지 체험이 안긴 전율의 체험과 그 체험에 다가서보려는 내재적인 몸짓을 통해설 겁니다. 체험의 내용물은, 하나는 『삼국지』나 『일리아스』『오디세이아』같은 대하소설 체험, 또 하나는 순수 문예지에 수록된, 상당수가 1인칭 소설에 속하는 중·단편 독후소감이 안긴 전율입니다. 대하소설이 나에게 안긴 것이 호메로스같이 도저한 서사 구조에 대한 유혹이었다면 중·단편이 나에게 안긴 것은, 내가 지금까지 써온, 직접 혹은 간접경험의 '의미 있고도 재미있는' 재해석에 대한 유혹이었지요. 하지만 나는 후자의 유혹에 더 취약했던 것임에 분명합니다. 나는 문예지에 수록된 중·단편을 읽으면서 나와 동시대인에 속하는 선후배 소설가들이 나와는 전혀 다른 눈으로 세상과 사물을 바라보고, 나와는 전혀 다르게 그 세상과 사물에 대한 경험을 해석하는 데 전율을 느끼고는 했어요. 내게도 내 경험의 의미 있고, 재미있는 재해석이 가능할 것인가? 이것은 지금까지 내가 던져오는 질문입니다.

하지만 나는 더 이상 이런 질문을 던지지 않기로 합니다. 나는 경험의 재해석도 삼가려고 하지요. 그 까닭은, 경험할 때의 세계 인식과 재해석할 때의 세계 인식은 그 층위가 다르게 마련인데, 이 양자를 화해시키는 과정에서 무리가 발생하기 때문입니다. 말하자면, 열다섯 살 소년의 경험 해석에 쉰 살 먹은 사내의 인식이 개입하는 사태가 종종 벌어지는데, 이래가지고는 열다섯 살배기의 종잡을 수 없이 혼란스럽고 그래서 대책 없이 강력한 에너지의 형상화가 불가능하기 때문이지요. 어느 시대, 어느 마을에든 하나쯤은 있을 법한, 없으면 사람들이 기어이 하나 만들어내기도 하는 '바보 이야기'를 쓸 때 작가들이 지게 되는 위험부담이기도 합니다. 이런 의미에서 소설가는 언제나 제 식으로 조련하다가 좋은 육상선수 재목을 망쳐버리는 나쁜 체육 교사와 동일한 운명을 살지요.

경험의 재해석으로부터 탈출하기는 쉬운 일이 아니지요. 상상력이라는 날개가 있기는 합니다만 일상의 중력에 길들고 타성에 물든 이 상상력이라는 날개는 중력의 법칙을 벗어나는 데 너무나 무력하지요. 중력권 바깥은 어둠의 벽입니다. 상상력은 어둠의 벽 앞에서 번번이 격퇴당하고 말지요. 중력권을 탈출하자면 막강한 추진력 혹은 파격적인 돌파력이 필요한데, 그것이 어디에 있는지 쉽게 보이지 않습니다.

벽 앞을 서성거리는 상상력에 대해 카잔차키스는 이렇게 썼더군요.

내 안에서 누군가가 명령한다.

"보아라, 무엇이 보이는가?"

내가 대답한다.

"사람들과 새들, 물과 돌……."

"더 깊이 뚫어보라, 무엇이 보이는가?"

"생각과 꿈, 환상과 번쩍거리는 섬광……."

"더 깊이…… 무엇이 보이는가?"

"아무것도…… 죽음처럼 무서운 침묵의 밤뿐……."

"더 깊이……."

"저 어둠의 벽을 뚫을 수 없어요. 목소리, 울음소리가 들려오네요. 저쪽 언덕에서 날개가 펄럭거리는 소리가 들려오네요. 아……

그것밖에는……."

앞에서 쓴, 내 연하의 친구 새 소설집에 실린 이야기의 대부분은 현실 세계에서는 일어날 수 없는, 혹은 일어나기 어려운 일들을 다루고 있더군요. 그는 왜 현실 세계에서 일어날 수 없는 이야기를 다루고 있는 것일까요? 혹은 현실에서 일어날 수 있는 일을 전혀 다른 방식으로 다루는 것일까요? 그는 같은 것을 '다르게 말하는speaks otherwise' 사람이었던 것, 따라서 그의 소설은 알레고리allegoria, 즉 '여느 방식과는 다르게 한 이야기speech made otherwise than one seems to speak'였던 것이지요. 그는 이로써, 현실이라고 하는 중력권을 탈출하고자 하는 것 같았지요.

그의 소설집에 실려 있는, 「벽 뚫고 다니는 사람」 이야기를 읽고 나는 그만 놀라고 말았어요. 그의 '벽'은 내 예감의 한 확인이었기 때문입니다. 나는 그 소설집을 읽기 전에 그가 벽 앞에서 벽 뚫기를 시도하고 있다는 것을 알았거든요. 그는 그 단편소설의 들머리에서, 마르셀 에메의 '벽 통과하기'를 언급하더군요. 하지만 이런 이야기는 중국 청나라 시대의 포송령이 지은 문어체 신괴설화집神怪說話集 『요재지이聊齋志異』에도 실려 있

248

습니다. 소설가 박인홍이 30대 초반에 마주했던 『벽 앞의 어둠』, 바로 그 어둠의 벽이었던 것이지요. 나는 박인홍보다 20년이나 늦게 이제 겨우 면벽 面壁합니다.

'벽'은 누구에게나 한계로 존재합니다. 이 벽을 어떻게 뚫을 것인가? 사람들에게는 벽을 뚫는, 한계를 극복하는 나름의 방식이 있습니다. 앞서 언급한 그 소설가는 이 벽을 어떻게 뚫는가요?

……한 사내가 있다. 벼락을 맞아 초능력을 얻은 뒤부터 이 사내는 세상의 벽이라는 벽은 다 뚫고 드나들 수 있다. 사내는 먹고 싶으면 음식점 벽을, 자고 싶으면 호텔 벽을, 돈이 필요하면 은행 벽을, 해외여행하고 싶으면 국제선 항공기의 벽을 뚫고 드나든다. 그러던 사내가 '벽에서 나온 여자'를 만난다. 여자에게는, 초능력의 시한이 끝나는 바람에 벽 속에 갇히게 된 다른 사내, 두 번째 사내를 본 적이 있는, 그러나 자신의 초능력 시한 역시 끝나가는 바람에 그 사내의 구출에 실패한 경험이 있다. 첫 번째 사내는 그 두 번째 사내를 구출하러 벽으로 들어간다. 하지만 첫 번째 사내 역시, 시한이 끝나는 바람에 다시는 바깥세상으로 돌아 나오지 못한다…….

이것이 이 짧은 이야기의 줄거리입니다. 하지만 역시 내가 주목하는 것은 사내와 '벽에서 나온 여자'가 초능력을 획득하는 과정입니다. 사내는 벼락을 맞고 초능력을 얻게 됩니다. 하지만 여자는 다르지요.

......한 여자가 있었다. 이 여자는 시력이 멀쩡한데도 어려서부터 툭하면 벽과 부딪치는 일이 잦았다. 하루에도 대여섯 번씩 벽에 부딪쳐 나가떨어졌다. 그녀의 이마와 뺨과 턱엔 피멍이 가실 날이 없었고, 이마를 열댓 바늘 꿰매는 중상을 입은 적도 있다. ......학교에서 돌아오던 길에 어느 집 담벼락과 호되게 부딪치는 사고로 뇌를 다쳐 뇌수술을 받은 뒤로 줄곧 갇혀 지냈......다. ......다시 세상으로 돌아 나온 뒤에 자신한테 뜻밖의 능력이 생겼다는 걸 알았다. 어느 날 또다시 어느 집 벽에 머리가 부딪쳤다 싶은 순간, 그녀는 아악 하고 비명을 지르며 눈을 꾹 감았다. ......뜻밖에 자신의 몸이 벽 속으로 쑤욱 빨려 들어가는 걸 느꼈다......

나는, 수많은 우리 작가들이 꿀같잖은 사랑으로 만병통치약을 삼는 이 시대에 그가 드디어 벽을 만나고 있다는 데, 벽 앞에서 그 벽을 뚫고 지나갈 방법을 모색하고 있다는 데 축하를 보낸다고 했어요. 실제로 나는 그의 소설을 읽으면서, 와, 이 친구가 드디어 여기까지 왔구나, 하고 무릎을 쳤지요. 하지만 그 벽을 통과하는 능력, 초능력을 획득하는 과정에 대한 서술에서 작가는 좀 더 치열했으면 좋았겠다 싶더군요. 벽을 통과하는 남자는 벼락을 맞고 초능력을 얻음으로써, 벽을 통과하는 여자는 자기도 모르는 사이에 어쩌다 그 능력을 획득하게 됩니다. 벽을 통과하는 남자나 여자의 의지는 다루어지지 않고 있었던 것이지요.

그 단편소설에서 내가 주목한 또 하나의 인물은, 초능력의 시한이 끝나는 바람에 뚫고 지나가지도, 돌아 나오지도 못 하고 벽 속에 갇혀버리는 두 번째 사내였습니다. 나는 이 사내에게 할 말이 많습니다. 이 사내는 이 글을 쓰는 나 같기도 하고, 그 단편소설을 쓴 작가 같기도 해서랍니다.

『요재지이』에 등장하는 사내는, 그렇다면 어떻게 벽을 통과하는가요? 그는 벽 앞에서 오로지 순일純一한 정신으로 돌진해야 합니다. 그냥, 정말 그냥 돌진해야 합니다. 내가 과연 벽을 통과할 수 있을까, 벽에 머리를 찧게 되지나 않을까, 코를 찌그러뜨리는 것은 아닐까, 하는 등등의 의심을 비롯한 일체의 사량분별^{思■分別}을 끊고, 백척간두^{百尺竿頭}에 선 선승^{禪僧}처럼 목숨을 걸고 벽으로, 혹은 허공으로 돌진해야 합니다. 절언절려^{絶言絶慮}로 돌진하면 벽이 뚫린다지요. '한 점 의심도 없이 들어가면, 거기가 바로 한 소식의 자리인 여래의 경지^{趨直入如来地}'라고 한다지요. 남에게 대해서라면 지나친 요구, 나 자신에게 대해서라면 지나친 욕심이기는 하겠지만, 그렇게 돌진해야 하는 것이 아닌가, 싶네요. 그렇게 하지 않으면, 그런 정신으로 돌진하지 않으면 벽의 통과를 시도하는 자는 벽 앞에서 격퇴당하거나 벽에 갇히는 신세가 될 것 같다 싶네요. 그러니까 그는 소설가의 운명, 문학의 운명을 말하고 있는 것 같았지요.

"장히 어려운 일이기는 하겠지만, 목숨을 걸고 머리를 들이민다면 모기가 무쇠솥을 능히 뚫을 수도 있는 것이거니."

서산대사^{西山大師}께서 이와 비슷한 말씀을 남긴 것으로 나는 기억합니다. 어렵고 난처한 주문이겠지만 소설가가 무슨 수로 모기의 운명을 벗어날 것인가요? 하늘을 나는 것들은 모두, 아니면 거의 모두 알껍질, 그러니까 결국 벽을 뚫고 나온 것들이 아닌가, 싶은데…… 아이고, 그러고 보니, 박쥐는 아니군요?

연작소설 〈숨은 그림 찾기〉를 시작하면서, 나는 이런 소리를 하고 다녔던 것으로 기억합니다.

"〈숨은 그림 찾기〉는 내가 오랫동안 들고 있었고 지금도 들고 있는 화두입니다. 우리 삶의 배후에는 삶의 이치를 두루 설명할 수 있는 어떤 공식이 숨어 있는 것은 아닌가, 우리의 희로애락은 이 공식에 대한 무지에서 오는 것은 아닌가, 이 공식, 이 숨은 그림을 읽어버리면 삶은 자연스러움을 획득하게 되는 것은 아닐 것인가, 뭐 이런 생각을 주욱 해왔지만 이게 쉬운 공부인가요? 이 공부 끝내면 도통하게요? 안 되니까 내 손으로 그림을 숨기고 그 그림을 찾는 척하는 놀이를 한번 해보자는 것이지요."

후회하고 있어요. 이렇게 떠들고 다닐 때는 정말 그렇게 생각했어요. 하지만 지금은 아닙니다. 나는 숨은 그림과 나 사이에 거대한 어둠의 벽이 가로놓여 있다는 것을 알지 못했던 것이지요. 어둠의 벽입니다. 벽의 어둠입니다. 나는, 작가는 숨은 그림을 찾는 사람이 아니라 그림을 숨기는 사람이 아닐까 싶어진 겁니다. 작가란 수수께끼를 푸는 오이디푸스가 아니라 수수께끼를 내는 스핑크스가 아닐까 싶어진 겁니다. 오이디푸스가 수수께끼를 푸는 순간, 스핑크스는 그가 웅크리고 앉아 있던 주두柱頭에서 아래로 투신, 깨끗하게 자살합니다. 오이디푸스는, 추접하게 살다가, 결국 제 눈을 후벼 파는, 기가 막히는 최후를 맞고요. 프랑스 수도 파리 시청 지붕의 용마루를 위요圍繞하고 있는 것은 수수께끼를 풀던 오이디푸스가 아니라, 수수께끼를 내던 스핑크스더라고요. 온몸에 소름이 다 돋습다.

하지만 희망이 있어요. '벽 앞의 어둠' '어둠 앞의 벽', 그 벽과 어둠과의 만남, 이것이 내 희망의 내역입니다. 어둠만 보인다는 것은 아무것도 안 보이는 상태가 아니지요.

어둠을 '볼 수 있는' 상태인 것이지요. 어둠, 어둠 하다 보니까, 어둠에 눈이 익으니까 어둠 저쪽에 바늘구멍만 한 데로 들어오는 빛살이 보이는 것 같기도 합니다. 내 언어는 아직 창같이 날지 못하니 내가 달려갑니다. 그 어둠의 벽을 지나면 밝은 세계가 보이겠지요. 하지만 그 밝은 세계 역시 어둠의 벽을 틀림없이 내장하고 있을 것입니다. 나는 이 중층重層의 세계를 향해 갑니다. 작가는 야전군인이에요. 야전군인은 마땅히 열병식장이 아닌, 전방에 있어야지요. 옛날의 작가들도 거기에만 희망이 있는 줄 알고 줄곧 그래왔어요. 지금의 작가가 옛날 작가와 똑같지 다를 게 뭐 있어요?

없어요.

수혜와 시혜에 대하여

문제는 사람과 사람의 관계다. 승僧에 속하지 않고 속俗에 속하는 나에게, 출가한 사람들에게는 참으로 하찮을 터인 이 사람과 사람의 관계가 큰 숙제다. 나는 이 숙제를 사람들과의 관계 속에서 직접 체험으로 풀기도 하고, 사람들의 관계를 눈여겨보면서 간접 체험으로 풀기도 한다. 사람들과 더불어 어울리는 자리는, 숙제하기 안성맞춤인 나의 공부방이다. 이 공부방에서 나는 직접 체험으로 숙제를 풀기도 하고, 엿보고 엿듣고 어깨너머로 읽는 간접 체험으로 숙제를 풀기도 한다. 내 숙제의 핵심 중 하나는 사람의 관계를 관류하는 시혜의식施惠意識과 수혜의식受惠意識의 마찰과 윤활이다. 시혜의식은 관계의 끝을 알리는 징후라는 것이 나의 잠정적 결론이다. 행복한 관계에 시혜자는 존재하지 않는다.

다만 수혜자가 있을 뿐이다. 그 까닭은, 언제나, 충분히 고마워하는 수혜자란 존재하지 않기 때문이다.

1993년부터 1999년까지 약 6년간, 수필을 전문으로 싣는 월간 잡지 『에세이』에, '이윤기가 건너는 강'이라는 제목 아래 단상斷想들을 연재했다. 여기에서 얻은 생각의 단초는 소설로 흘러들어가기도 했고, 호흡이 긴 다른 산문으로 흘러들어가기도 했다. 『에세이』에 쓴 글에다, 일간지 《동아일보》 《매일신문》 《조선일보》 《중앙일보》 《한겨레신문》 (가나다순)에 쓴 글, 문예지에 쓴 글

을 보탰다. 글 모이면 책 내는 풍속 좇기가
부끄럽다. 직업職業이야말로 업業 중에서도
큰 업이다 싶다.

많은 분들이 나에게 지면을 내어주었다.
나는 『에세이』의, 한결같은 편집자 이금랑님
의 행복한 수혜자였다. 나는 신문과 잡지의
행복한 수혜자이기도 했다. 이제 도서출판
작가정신의 박진숙님의 수혜자가 되어야겠
다. 독자와 내가 서로 수혜자라고 우길 수 있
게 되기만 한다면 나는 세상에서 가장 행복
한 글쟁이일 수 있을 터인데, 과연 그런 날이
오기는 올 것인지. 하지만 오는 것을 기다리
고만 있지는 않겠다. 내가 만들고 말겠다.

2001년 10월

이윤기

이윤기가 건너는 강

초판 1쇄   2001년 10월 20일
개정판 1쇄   2018년 9월 10일

지은이 / 이윤기
펴낸이 / 박진숙
펴낸곳 / 작가정신
편집 / 김종숙 황민지
디자인 / 용석재
마케팅 / 김미숙
홍보 / 박중혁
디지털콘텐츠 / 김영란
재무 / 윤미경
인쇄 및 제본 / 한영문화사

주소 (10881) 경기도 파주시 문발로 314
대표전화 031-955-6230   팩스 031-944-2858
이메일 editor@jakka.co.kr   블로그 blog.naver.com/jakkapub
페이스북 facebook.com/jakkajungsin   인스타그램 instagram.com/jakkajungsin
출판 등록 제406-2012-000021호

ISBN 979-11-6026-108-0   03810

이 도서의 국립중앙도서관 출판시도서목록(CIP)은 서지정보유통지원시스템 홈페이지(http://seoji.nl.go.kr)와
국가자료공동목록시스템(http://www.nl.go.kr/kolisnet)에서 이용하실 수 있습니다.
(CIP제어번호 : CIP2018025732)